The Cement Garden

水泥花园

[英] 伊恩·麦克尤恩——著

冯涛——译

上海译文出版社

第一部

1

我父亲不是我杀的，可我有时觉得是我促他走上了不归路。而且他的死如果不是正巧赶上了我自己肉体成熟的一次标志性事件，它跟这此后的事态发展相比就好像算不了什么了。我跟老姐老妹在他死后那个礼拜曾谈起过他，救护车里的人把他卷在一条亮红色毯子里抬走时，苏当然掉过眼泪。他是个意志薄弱、脾气暴躁、有些强迫症的男人，脸跟手都黄不拉叽的。我之所以提到他死的这点小事儿，不过是想说说我跟老姐老妹是怎么弄到这么一大堆水泥的。

我十四岁那年的初夏，一辆卡车停在了我们家门口，当时我正坐在台阶上重温一本漫画书。司机还有另一个人朝我走过来，他们俩浑身蒙了层细小灰白的尘土，所以脸色看起来煞是恐怖。他们俩尖声吹着口哨，吹的却是两个截然不同的调调。我站起身来忙把漫画书一藏。我看的要是老爸报纸的赛马版或是足球赛的战果就好了。

“水泥?”他们其中一位道。我把两手的拇指插到口袋里,将体重转移到一条腿上并略微把眼睛眯缝起来。我本想说几句扼要恰当的话,可又不能确定是否听对了他们的意思。我犹豫的时间显然太久了,因为说话的那位眼睛已经朝上溜去,两手搁在屁股上,视线穿过我盯着前门。门开了,我父亲咬着他的烟斗走了出来,屁股后头还别了块写字板。

“水泥。”那人又说了一遍,这次用的是降调。我父亲点点头。我把漫画书一卷塞进后裤袋里跟着这三个人朝卡车走去。我父亲踮起脚尖朝车的一侧看了看,把烟斗从嘴里取出来又点了点头。一直没言语的那位用手做了个猛砍的动作。一个挂钩一下子松开,卡车的一侧轰隆一声倒了下来。用纸袋紧紧包裹的水泥沿着卡车底部堆成高高的两垛。我父亲数了数,看了一眼他的写字板说:“十五袋。”那两个人嘟囔了一声。我喜欢这样的交谈方式。我也自言自语了一句:“十五袋。”那两个人每人扛了一袋水泥,我们再原路返回,这次是我领头,父亲跟在后头。绕到房子的一侧后,他用湿湿的烟斗柄指了指煤坑,那两个人把水泥袋扔到地窖里然后再回去继续搬,我父亲用写字板上绳头绑着的铅笔在板上做了个记号。他脚跟一颠一颠地等在原地，我则靠在围墙上。我当时还不知道水泥是干什么用的，可我不想显得一无所知因而被排斥在这一紧张的集体工作之外。我也数了数水泥袋，等全搬完了，父亲在送货单上签字时，我就紧挨着他站着，然后他一语未发进屋去了。

当晚我父母就针对那些水泥吵开了。我母亲原本是个不太言语的主儿，这次却暴怒，她想让父亲把这些玩意儿原样送回。我们当时刚吃过晚饭，我母亲说话的当口，我父亲却在用铅笔刀把他烟锅里的烟灰直接刮到他差不多根本没动过的晚饭上，他知道怎么利用他的烟斗来对付她。她正在讲我们如何穷得叮当响而汤姆马上就需要买上学穿的新衣裳。他重新把烟斗用牙咬住，就仿佛那是他身体的一个部件一样，然后打断她的话说把水泥袋送回去"门都没有"，并说这件事到此结束。因为亲眼看到了卡车、沉重的水泥袋还有运货过来的那两个人，我觉得他是对的。可他把那玩意儿从嘴里面取出来，拿着烟锅用黑黑的烟嘴指着母亲时看起来真是自以为是、蠢不可及。她更上火了，怒得话都讲不利索了。朱莉、苏和我于是脚底抹油溜到楼上朱莉的卧室而且关上了门。母亲高高低低的话音透过楼板跟了上来，话语却都失去了意义。

朱莉将一把椅子顶在门上的时候，苏躺在床上含着指节咯咯地傻笑。我们俩迅速地将苏脱个精光，在脱她的裤子时我俩的手碰到了一起。苏瘦骨伶仃的。皮肤紧贴着胸腔，而她两个坚硬的屁股蛋怪异地跟她的肩胛异常相似。两腿间长着淡淡的姜黄色的绒毛。游戏的规则是朱莉和我作为科学家检查一个来自外星际的样本。我们俩透过苏的裸体面对面交谈时故意带上点德语的发音。楼下传来母亲疲惫不堪、坚持不懈的低沉话音。朱莉眼睛下面的颧骨高高突起，所以她看起来很像是某种稀有的野生动物。在灯光之下，她的眼睛又黑又大。她嘴唇柔和的线条被两颗门齿破坏了，所以她笑的时候得特意噘一下嘴巴。我很想检查她的身体，可游戏规则不允许这样做。

“怎么样?”我们先是让苏侧躺然后再俯卧。我们用指甲抚摩着她的后背和大腿。我们用手电探察她的口腔和大腿之间，发现了那朵肉做的小花。

“这个您是怎么想的，医生先生?”朱莉润湿手指抚摩着它，苏瘦骨嶙峋的脊椎从头至尾起了一阵轻微的震颤。我密切注视着。我润湿了手指滑过朱莉的那个部位。

“没什么大问题，”她最后道，然后用食指和拇指将那道缝隙合上，“不过，我们还要密切注意进一步的发展，对吧？”

苏求我们继续下去。朱莉和我心照不宣地对视一下，实际上什么都不明白。

“轮到朱莉了。”我说。

“不行，”她一如既往地道。“轮到你了。”苏仍平躺着，恳求我们。我穿过房间，捡起苏的裙子扔到她身上。

“绝无可能，”我透过一个想象中的烟斗道，“到此结束。”我把自己锁在浴室坐在浴缸边上把裤子褪到脚踝。我想象着朱莉淡棕色的手指抚摩着苏的大腿内侧将自己带入我那种快速、干枯的兴奋点。等那阵痉挛过去之后我仍蜷缩着身体，这才意识到楼下的声音早就停歇了。

第二天早上，我跟弟弟汤姆进入地窖。地窖很大，分隔成了好几个莫名其妙的房间。我们走下石头的楼梯时，汤姆紧贴在我身边。他已经听说了那些水泥袋，现在想亲眼见见。煤坑对着最大的一个房间，那些水泥袋散布其上就仿佛它们故意落在去年剩下的煤炭上头。沿一面墙摆着个巨大的铁皮柜子，跟我父亲短暂的军队生活有关，一度用来装从煤里拣出来的焦炭。汤姆想看个究竟，我就把盖子掀开让他看。里面空空如也，漆黑一片，黑得在这种灰蒙蒙的光线下我们都看不到柜子底。汤姆想象成面对着一个很深的洞穴，于是抓着柜子边朝里面大喊一声等着听回声。结果什么都没有发生，他就要求看看别的房间。我带他走进一个更靠近楼梯的房间。房门几乎都从铰链上脱落了，我推了一下它就彻底掉了下来。汤姆哈哈大笑，这次他的回声终于从我们刚离开的那个房间传了过来。这个房间里有几个装着发了霉的旧衣服的纸板箱，我却一个都不觉得眼熟。汤姆发现了他的几件旧玩具，他轻蔑地用脚给它们翻了个身然后告诉我它们都是给奶娃娃玩的。门后头堆着一张旧的铜制婴儿床，我们全都先后在上面睡过。汤姆想让我为他重新把床装好而我告诉他那种床是给奶娃娃睡的。

我们在楼梯脚碰到了往下走的父亲。他想让我，他说，帮他整理一下那些水泥袋。我们跟着他又回到了那个巨大的房间。汤姆挺怕父亲的，一直躲在我身后。朱莉最近告诉我父亲如今已经是个半残废了，他将不得不跟汤姆竞争母亲的关爱。这个说法极不寻常，我来回琢磨了好长时间。这么简单，又这么怪异，一个小男孩跟一个大男人竞赛。后来我问朱莉谁能胜出而她毫不犹豫地脱口而出，“当然是汤姆了，而且爸还会把怒气撒在他身上。”

而他也确实对汤姆很严，总像是故意找茬骂他。他利用母亲对付汤姆就像他利用他的烟斗来对付母亲一样频繁。“别用那种语气跟你母亲讲话”，或是“你母亲跟你讲话时把身体坐直喽”，她则一言不发地照单全收。要是父亲当时离开了房间，她就会朝汤姆微微一笑或是用手指帮他梳理头发。眼下汤姆站到门口，望着我们每次将一个水泥袋一起拖过地面，沿墙壁垛成整齐的两排。父亲因为有心脏病不该干这种活，可我仍确保他承担的重量跟我一模一样。

我们弯下腰每人抓住袋子的一角时，我感觉到他在拖延，等着由我承担大头。可我却数着，“一、二、三……”而且等我看到他胳膊用上劲时才开始拖。如果要我多出力，得等他大声承认之后才成。我们干完活之后就朝后一站，像工人那样看着我们干的活。父亲一只手扶着墙呼哧呼哧喘粗气。我却故意地憋着，用鼻子能呼吸得多轻就多轻，虽然憋得我就像要背过气去了。我把双手随意地叉在屁股上，“你弄这些水泥想干吗?”我觉得现在有权力问问了。

他上气不接下气地说:“弄……花园呗。”我等着他说得具体些可他喘了会儿气就走了。他在门口抓住了汤姆的胳膊，“看看你那两只手，”他埋怨道，可没意识到他自己的手就把汤姆的衬衣弄得一团糟了。“走吧，上去。”我又在原地待了一会儿，然后把灯关掉。听到开关声，至少我是这么觉得，父亲又在楼梯脚停下来严厉地提醒我上来前把所有的灯都关掉。

“已经关了。”我气急道。可他上楼梯的时候咳得厉害。

他已经按照他的规划建造而非仅仅培植了他的花园，他有时候在晚上将他的规划摊在厨房饭桌上，我们是透过他的肩膀看到的。有数条石板的小径通往才不过几英尺远的花床，却故意造得曲里拐弯。有一条小径螺旋形沿一座假山而上就仿佛是条山间通道。有一次他看到汤姆径直从一侧登上那座假山，将那条小径当短短的一截台阶用，结果恼得他不得了。

“按规矩上！”他透过厨房的窗户大喊。高出一堆石头几英尺的位置还有一块牌桌大小的草坪，草坪的四周只有种一行万寿菊的位置，他自己称其为空中花园。空中花园的正中央是个跳舞的潘神的石膏像。随处都会突然出现一段台阶，先下再上。还有个池塘，底儿是蓝色塑料的。有一天，他还用一个塑料袋带回来两条金鱼，当天就被鸟吃了。那些小径实在太窄了，你很有可能失去平衡栽到花床里。他选花的标准是端正和对称。他最喜欢郁金香并把它们单独种在一处。他不喜欢灌木常春藤或是玫瑰。他不要任何长得乱蓬蓬的植物。我们两边的房子都被拆除了，一到夏天，空地上就会蓬勃地长满野草和野花。在他第一次犯心脏病之前，他曾打算建一道高墙把他自己的世界保护起来。

我们家里流传着几个笑话，都是父亲发明并维持下来的。笑话苏的眉毛和睫毛少得几乎看不出来，笑话朱莉一心想当个著名运动员，笑话汤姆时不时地尿床，笑话我当时刚刚开始长出来的粉刺。有天吃晚饭的时候我把他的餐盘递给他，而他说他可不想让他的晚饭靠我的脸太近。笑声很是短促，也不过敷衍一下。因为类似的小笑话都是父亲一手策划的，所以没一个是针对他的。那天晚上，朱莉和我把我们俩锁在她的卧室里一起编了满满好几张纸的笑话，既粗鲁又过分。我们编的每一个笑话似乎都很好笑。我们从床上滚到地上，紧抓着自己的胸口，笑得呼天抢地。汤姆和苏紧着敲门要我们放他们进去。我们最好的几个笑话，我们觉得，当属于那一问一答的。其中几个涉及父亲的便秘，可我们知道真正的靶子是什么。我们选出最好的，再加润色和排练。

然后我们又等了一两天。晚饭时间到了，他又一如既往地拿我脸上的痘痘开心。我们等着汤姆和苏笑完。我的心脏像要跳出来一样，所以很难做到像我们彩排的那样语调随便平常。我说："今天我在花园里见到一样东西，可吓了我一大跳。"

"哦，"朱莉道，"什么东西呀？"

"一朵花。"

可似乎没有一个人听到我们的话。汤姆在自言自语，母亲往自己的杯子里倒了点牛奶，而父亲则继续极其小心地往他面前的面包片上涂黄油。一旦黄油漫过了面包边缘，他马上飞快地用餐刀把它给抹回来。我觉得我们也许该更加大声地再讲一遍，于是我看了朱莉一眼，可她故意视而不见。父亲抹完黄油之后就离开了房间。母亲说："这没什么必要吧。"

"什么呀？"可她再没对我说什么。我们编的笑话并没针对到父亲，因为它并不好笑。他生气了。当我竭尽全力想自感得意的时候，我却觉得挺内疚的。我努力想说服朱莉我们大获全胜了，因为反过来她也会说服我。当晚我们又让苏躺在我们中间，可那个游戏也变得索然无味。苏觉得烦了把我们撂下走了。朱莉为了表示歉意故意想方设法地讨好他。我无法面对这件事，不过等两天后他第一次跟我说话的时候，我才长出了一口气。后来我们很长时间都没再提那个花园，当他用他的规划铺满餐桌的时候就剩下他独自一人在看了。他第一次犯心脏病之后就把花园的工作完全搁到一边去了。野草从铺路石的缝隙里蹿了出来，假山的一部分已经坍塌，那个小池塘也见了底。那个跳舞的潘神侧面倒地摔成了两半而大家全当没看见。朱莉跟我有可能要对花园的分崩离析负责的想法让我感觉既恐惧又兴奋。

水泥送来之后不久又来了沙子，浅黄色的一堆沙子把前花园的一个角落都给填满了。情况已经很明显了，也许是从母亲口里传出来的，新的计划是绕着我们的房子，从前到后建一个水泥的平台。父亲有天晚上证实了这一计划。

“那就干净多了，”他说，“如今我已经没办法照料花园了，”（他用烟斗拍了拍自己的左胸）“而且有了它就不会把脏东西带到你们母亲的干净地板上了。”他对这一计划的明智性如此确信，搞得大家更多的是出于尴尬而不是害怕，谁都没提反对意见。事实上，我挺喜欢房子周围围绕上一个巨大的水泥平台。我们可以在上面踢球，我还看到直升飞机降落在上头。而且最重要的，和好水泥然后将水泥在夷平的花园之上漫开是件绝妙的暴行。当父亲谈到要雇个水泥搅拌工时，我的兴奋之情就甭提了。

母亲肯定已经跟他讨论过这件事了，因为我们在六月的一个星期六早上用两把铁锹开始了工作。我们在地窖里撕开一袋水泥，将精细、灰白色的粉末装满一个镀锌的水桶。然后父亲先上去，再接我透过煤坑递上去的水泥桶。弯腰接桶的时候，他背后苍白无奇的天空映出他的剪影。他把粉末倒在小径上再递还我要我装满。等我们的水泥够用了，我就从前面推一车沙子过来搀到水泥堆里。他的计划是先铺一条环绕房子一侧的硬路出来，以便于从前院向后院运沙子。除了他偶尔才有的几句简短的吩咐之外，我们什么话都没有。我很高兴我们这么清楚我们在做的工作以及对方在想什么，我们都不需要开口。生平第一次我觉得跟他在一起轻松惬意。我去提水的时候，他把水泥和沙子堆成一个土堆，中间留一个盛水的坑。他往里加水的时候，我负责搅拌。他向我演示如何利用我膝盖的内侧顶着上臂起到更好的杠杆作用，我假装自己早就知道了。将水泥搅匀了之后，我们就把它铺在地面上。之后父亲跪下来用一块短木板光滑的一面抹平水泥的表面，我站在他身后靠在铁锹上。他站起来往围墙上一靠闭上了眼睛。等他睁开后，他眨巴着眼睛仿佛很惊讶地发现自己竟然在干这个，于是说："来，我们加把劲儿。"我们再次重复前面的过程，通过煤坑递上装水泥的桶，手推车推沙子，加水，搅拌以及铺开和抹平。

等干到第四轮的时候，厌烦还有我熟悉的渴望开始拖我的后腿了，我不断打哈欠而且小腿开始发软。在地窖里，我把手搁在裤子上。我纳闷姐妹俩都干吗去了，她们干吗不来帮忙？我递了一桶水泥给父亲后，对着他的背影说我要上厕所。他叹了口气，与此同时还用舌头在上颚砰地一弹。我在楼上，因为怕他不耐烦，搞得飞快。我眼前的形象仍旧是朱莉的手伸进苏的两腿之间。我能听到楼下铁锹的刮擦声。父亲正一个人在和水泥。然后它就出来了，它像是突然就出现在我手腕背面，虽说我早就从笑话和学校的生物课本上知道了这是怎么回事，而且已经等了有好几个月了，希望我跟别人没什么不同，可眼下我仍然惊得目瞪口呆而且深受触动。它衬着汗毛，摊在手腕上一块灰色的水泥污迹上，一小块闪着微光的液体，并不是我设想的牛奶状，而是无色的。我伸出舌头舔了一下，也没任何味道。我盯着它看了许久，凑上前去找那些拖着摇曳的长尾巴的小东西。在我盯着看的当口，它已经风干为一层几乎看不见的闪光的硬皮，而且在我活动手腕时裂开了。我决定不把它冲掉。

我想起父亲还在等着，于是匆忙下楼。我经过的时候，母亲、朱莉和苏正站在厨房里说着什么，她们似乎都没注意到我。父亲脸朝下趴在地上，头就靠在新铺的水泥上，用来把水泥抹平的木板还抓在手里。我慢慢地上前，明白我必须得跑出去呼救，可有那么几秒钟时间我却动弹不得。我充满惊奇地望着，正如几分钟前。一阵微风拂起他衬衣松开的一角。随后就出现了大量活动和噪音，一辆救护车开来，母亲跟着父亲一起上了车，父亲躺在一副担架上，身上还盖着条红毯子。起居室里，苏在哭朱莉在旁安慰。厨房的收音机还开着。我在救护车开走后回到室外检查我们铺的小径。我捡起那块木板，小心地抹平他留在柔软、新鲜的水泥上的印痕，脑子里一无所想。

2

接下来的一年间，朱莉在校运动队训练。她已经是本地区十八岁以下的100和220码短跑纪录保持者，她比我认识的所有人跑得都快。父亲从没认真对待过她，他说一个女孩子跑那么快挺蠢的，就在他死前不久，他还拒绝跟我们一道去看一场运动会。我们狠狠地骂了他一顿，连母亲都加入了我们的阵营。他笑话我们竟然恼成这样。也许他真心里是想去的，不过我们谁都不再搭理他，继续生他的气。到了那天，因为我们没请他一起去，他也就忘了，而且在他生命的最后一个月里，没亲眼看到他大女儿称霸赛场的英姿。他错过了浅棕色、修长的大腿像刀刃般飞掠过跑道，以及我、汤姆、母亲和苏在她赢得第三个赛程时，跑过看台用吻将她淹没的情景。晚上，她经常待在家里洗头并熨她海军蓝校服裙子上的褶子。她属于校里少数几个胆大妄为的女生，在校服裙下面穿浆硬的白色衬裙把它撑得更加丰满，而且在她们用脚跟转身时能让裙子飞转起来。她穿长筒袜和黑色短衬裤，都是严禁穿的。她一星期有五天都穿一件干净的白色罩衫。有时候，她早上用一条漂亮的白色缎带把头发扎在后脖颈处。所有这一切其实都是每天晚上精心准备的。我经常坐在旁边，眼看着她在熨衣板上忙活，搅得她心烦。

她在学校里有几个男朋友，可她从不当真让他们近身。我们家有条不成文的规矩，我们任谁都不把朋友带回家。跟她最近的朋友都是女生，那些最叛逆、最有名的女生。我有时在学校看到她在走廊的尽头被一小帮人大呼小叫地簇拥着。不过朱莉自己几乎从不大呼小叫，她用一种具有破坏性与胁迫性的安静来统治她的小群体，提高她自己的声望。我作为朱莉的弟弟在学校里也算个人物，不过她在校内从不跟我说话或是承认我的存在。

同一时期的某段特定时间内，我发的痘痘简直把整张脸都遮了个严实，于是我干脆放弃了所有个人卫生的例行习惯。我不再洗脸洗头不再剪指甲洗澡。我放弃了刷牙。母亲用她安静的方式不断谴责我，可我如今因为脱离了她的掌控很是自豪。要是大家真喜欢我，我争辩道，我是什么样他们就该接受我什么样。一大早，母亲就来到我的卧室把我的脏衣服换成干净的。周末我在床上一直躺到下午，然后就一个人孤单地长距离漫步。晚上我就看着朱莉，听收音机或者就呆坐着。我在学校里也没有什么亲近的朋友。

我经常盯着镜子里的自己，有时长达一个小时。有天早上，那时我就快到我十五岁生日了，我在我们黑沉沉的巨大门厅里找我的鞋子，无意间从靠在墙上的一面落地镜里瞥见了自己。我父亲原来一直打算把它钉牢在墙上的。着了色的阳光透过前门上头的彩色玻璃从后面映出我蓬乱头发的边缘。昏黄的半明半暗遮暗了我脸上的坑坑洼洼。我感觉高贵而又戛戛独造。我盯着自己的形象，直到它开始自己游离出去并用它的凝视使我动弹不得。随着我脉搏的每一次跳动，它又后退返回到我自身，而且它头和肩上还颤动着一个模糊的光环。“坚韧。”它对我说。“坚韧。”然后又更加大声地道，“狗屎……臭尿……屎眼。”母亲从厨房里用疲惫的声音警告地叫我的名字。

我从一盘水果里挑了个苹果进了厨房。我懒洋洋地站在门口望着正在用早餐的家人，手里把玩着苹果，扔起来再砰的一声用手掌接住。朱莉和苏一边吃一边在看课本。我母亲又因为整晚睡不着觉而筋疲力尽，根本没吃东西。她凹陷的眼睛非常灰暗而且泪汪汪的。汤姆一边愤怒地呜咽着一边竭力把自己的椅子推得离她更近一些。他想坐到她腿上去，可她抱怨说他太重了。她把他的椅子归置好，然后用手指耙过自己的头发。

问题是朱莉愿不愿意跟我一道上学去。我们过去每天早上都一起走的，可现如今她不太愿意被人看到跟我在一起了。我继续扔着苹果，但愿把他们都搞得很烦。我母亲却平静地看着我。

“走吧，朱莉。”我最终道。朱莉又倒了杯茶。

“我还有点事儿，”她坚决地说，“你先走吧。”

“那你呢，苏？”

我妹妹眼睛都没从书上抬一下。她嘟囔道：“还不忙走。”

我母亲温和地提醒我还没吃早饭，可我已经走到了门厅里。我死命将前门一摔，穿过门前的马路。我们家的房子原本立在一条满是房子的街上，可如今它就孤零零地立在一片空地上，荨麻围着皱瘪的罐头盒蹿出头来。推倒别的房子是为了建一条高速公路，可现在连影子都没有。有时，住在高层住宅区的孩子会跑到我们家附近来玩，不过他们通常会沿马路跑得更远，找那些空了的预制房屋把墙踹倒，碰到什么就捡什么。他们有一次还点燃了一所，也没人太当回事。我们的房子又老又大，建得有点像个城堡，厚墙、矮窗，前门上还有锯齿形的垛口。站在马路对过看过去，它就像是某个集中精力正在回想的人的脸。

没人到我们家串门。不论是我母亲还是生前的父亲在家庭之外都没什么真正的朋友。他们还都是独生子女，他们的父母也都死了。我母亲在爱尔兰有几个远房亲戚，不过自打她小时候起就再没来往过。汤姆有几个他有时在街上一起玩的朋友，不过我们从不让他把他们带进家门。如今我们这条马路上连个送奶工都没了。据我的记忆，最近到我们家来的就是那几个把我父亲带走了的救护车上的人。

我在原地站了几分钟，犹豫着是不是该再进屋去跟我母亲说几句话安慰她一下。我正要抬腿的时候前门开了，朱莉溜了出来。她穿着她黑色的华达呢校服雨衣，紧紧地裹着她的腰，领子翻了起来。她迅速转身拉住门不让它砰地关上，雨衣、裙子和衬裙随着飞旋起来，正是期望达到的效果。她还没看到我。我看着她把书包甩到肩上。朱莉跑起来能像风一样，可她走路的时候却像是睡着了，慢得要死，背绷得笔直，走起来一条直线。她经常显得像是在沉思，可每次我们问起，她总是说她脑子空空如也。

她直到要穿过马路时才看到我，脸上现出半是微笑半是生气的神情，仍然没有开口。她的沉默寡言搞得我们都有点怕她，不过她又会声称，她的声音很悦耳又有些丧魂失魄的，说觉得怕的是她。这话也不假，她是很害羞——风传她在班里面一说话就脸红——可她具有那种沉静的力量和超然的气质，生活在那个专属于特别漂亮的人的世界，而且他们私下里也知道这一点。我挨着她一起向前走，她则正视前方，她背挺得跟直尺一样直，微微噘着嘴唇。

走了一百码之后，我们脚下的马路转到另一条街上。街上还剩下几幢联排式房屋，其余的以及对面街上所有的房屋都给拆除了，据说要建成二十层高的高层住宅区。那几幢房子周围是宽大的满是裂缝的沥青平台，野草都在往外蹿，它们看起来比我们家的房子还要老旧还要凄凉。房子的水泥立面上布满巨大的污迹，几乎都黑了，是雨水造成的，永远都干不了。朱莉和我走到马路的尽头时，我猛地抓住她手腕说："背好你的书包，小姐。"朱莉把手抽回去继续朝前走。我跟在她后头开始跳起舞来，她继续沉思默想地不作声，搞得我像个小丑。

“想打架吗？想赛跑吗？”朱莉低下眉眼继续走她的路。我换作正常的声音问，“怎么了？”

“没什么。”

“你生气了？”

“是的。”

“因为我？”

“是的。”

我一时语塞。朱莉已经走开了，继续生她的闷气。我说：“是因为妈？”我们渐渐跟高层住宅区的二楼位置齐平了，因此能看到门厅里面的情景。另一个学校的一帮小孩正在等电梯，他们在等电梯里下来的什么人。我说：“我得回去一趟。”我停下来。朱莉耸了耸肩，然后抬手做了个突然的动作清楚地表明她才不要管我。

回我们街道的路上，我碰上了苏。她一边走一边还在看摊在手里的一本书，她的书包紧箍在肩上而且耸得老高。汤姆走在几码远的后头，从他脸上的表情很明显可以看出肯定另有一番场景把他赶出了家门。我跟苏相处得更自在些，她比我小两岁，而且就算她有些什么秘密也威胁不到我。有一次，我在她卧室发现了一种她买来“溶解”她的雀斑的洗液。她的长脸很是精致，嘴唇没什么血色，眼睛因为几乎看不见的浅色睫毛显得好像很疲惫。她高高的额头和一绺绺的头发使她看起来确实像是来自另一个星球的女孩子。我们都没停，不过，经过苏身边的时候她眼睛从书上一抬说：“你要迟到了。”我嘟囔了一声，“忘东西了。”汤姆一心害怕着上学没顾上我。认识到苏正代替母亲送他上学，我就更觉得愧疚了，脚步也更快了。

我沿房子的一侧绕到后面的花园，透过厨房的一扇窗户看到了我母亲。她守着那堆早餐的狼藉和面前的四把空椅子坐在桌边。眼皮子底下就是我那碗动都没动过的麦片粥。她一只手放在大腿上，另一只搁在桌子上，胳膊弯着像是准备接住她的头。旁边是一个矮胖的黑色药瓶，盛的是她的药。她的面部特征是朱莉和苏的混合体，仿佛她是她们俩的孩子。皮肤很光洁，紧绷在好看的颧骨上。每天早上，她都会用最深的红色唇膏在嘴唇上涂出一个完美的弓形。可她的眼睛深深地陷入头骨中，她就像是从一口深井里向外凝视，而且眼周的皮肤发暗起皱，就像是桃核。她抚摩着她后脑上浓密、深色的鬈发。有时候，我早上会发现马桶里飘着她的一窝头发，我总是先把它冲掉。现在她站起身来背朝着我开始收拾桌子。

我八岁那年，有天早上假装病得很厉害，从学校回了家，我母亲就对我宠个没完。她给我套上睡衣，把我背到起居室的沙发上用毯子把我整个包起来。她知道我其实是趁我父亲和姐姐妹妹不在家的时候跑回来独占她的。也许她也高兴有个人白天在家陪陪她。我一直躺到傍晚时分，在她忙活的时候不错眼地望着她，她到别的房间去的时候我就密切地听着。我因为她这么独立的明显事实深受触动。她就这么干下去，哪怕我上学去了不在她身边。这就是她干的工作，每个人都在继续干自己的事。当时的这种领悟一直让我难忘，不过并不痛苦。如今，眼看着她弯腰把鸡蛋壳从桌子上扫到垃圾桶里，同多年前相同而又简单的认识却传达出悲哀和可怕的感受，令人难以忍受地混合在一起。她不是我或我两个姐妹捏造出来的，虽说我还在继续捏造和忽略着她。她在挪动一个空牛奶瓶时，突然转向了窗口，我马上后退。当我沿着房子边的小路跑开时，我听到她打开后门并叫着我的名字。我转过屋角时瞥见了一眼她的身影。我跑上大街之后，她又在后面喊了我一声。我一路奔下去，想象着她的声音追着我的脚印一路跟过来。

“杰克……杰克。”

我在学校门口赶上了我妹妹苏。

3

我知道天已经亮了，也知道我是在做着个不好的梦。只要在意识上努把力，我就能把自己唤醒。我试着活动我的两条腿，让一只脚碰到另一只，任何一点细微的知觉都足以让我摆脱梦境。我被看不见的什么人跟着，他们手里拿着个盒子而且他们想让我往里看，可我继续匆忙往前赶。我犹豫了一会儿，再次尝试挪动两腿，或者睁开眼睛。可有个人拿着那个盒子又来了，我没时间了，只能继续跑，然后我们就面对面了。那个盒子是木头的，装了铰链，也许原来是装很贵的雪茄的。盖子被抬起了半英寸左右，可里面太暗了，什么也看不见。我为了争取时间继续往前跑，而这次我终于成功地睁开了眼睛。在眼睛再次闭上之前，我看到了我的卧室，我的校服衬衫躺在一把椅子上，一只鞋子底朝天倒在地板上，然后又出现了那个盒子。我知道里面有个小动物，被硬关在里头而且臭得厉害。我竭力想大喊一声，希望用自己的声音把我唤醒。可是喉咙根本没法发声，而且我连动一下嘴唇都做不到。那个盒子的盖儿再次被掀起来。我没办法转身逃掉，因为我已经跑了整整一个晚上，眼下别无选择，只能朝里面看了。这时我听到我卧室的门打开了，还有走过地板的脚步声，不禁长出了一口气。有人在我的床沿上坐了下来，紧靠着我，我能把眼睛睁开了。

我母亲坐在床上的架势就像要哄我把两条胳膊伸进睡衣里。我的闹钟显示已经八点半了，我上学要迟到了。我母亲应该已经起来两个小时了，她散发出她用的亮粉色肥皂的气味。她说："我们该谈谈了，你和我。"她一条腿架在另一条上头，两只手搁在膝盖上。她的背挺得很直，就像朱莉一样。仰面这么躺着使我觉得很是被动，于是我挣扎着要坐起来。可她说："你再躺一会儿。"

"我要迟到了。"我说。

"你再躺一会儿，"她重复道，特别强调最后一个词，"我想跟你谈谈。"我的心脏跳得飞快，我盯着她脑袋后面的天花板。我还没完全醒明白。"看着我，"她说，"我想看着你的眼睛。"我直视着她的眼睛，她的目光焦虑地扫过我的脸颊。我在她的眼睛里看到自己膨胀了的映像。

“你近来在镜子里看过自己的眼睛吗?”她说。

“没。”我没说实话。

“你的瞳仁很大,你知道吗?”我摇了摇头,“而且你才睡醒眼睛下面就有了眼袋。”她顿了顿。我能听到楼下其他人吃早饭的声音。“你知道为什么会这样吗?”我又摇了摇头,她又顿了顿。她俯下身来急切地说:“你知道我们在谈什么,对吧?”我耳朵里满是怦怦的心跳声。

“不知道。”我说。

“你知道,儿子。你知道我们在谈什么,我看得出来。”

我别无他法,只得用沉默来确证这一点。这种坚定的态度压根就不适合她;她声音里有一种平板的、演戏一样的调调,逢到不好开口的时候,她就只能用这种调调讲话。

“别以为我不知道你都在干吗。你已经长成个年轻人了,为此我很是骄傲……有些事本该由你父亲告诉你的……”我们都把目光转开了,我们俩都知道这不是真话。“长大挺不容易的,不过你要是继续这么下去,你就会对自己造成很大的伤害,对你正在长大的身体造成很大的伤害。”

“伤害……”我学舌道。

“没错，看看你自己，”她的语调柔和下来，“你早上起不来床，你整天都累得要死，你喜怒无常，你澡都不洗衣服也不换，你对姐妹们和我都很粗暴。而我们都知道这到底是怎么回事。每次你……”她声音低了下去，目光转向放在膝盖上的双手，“每次……你干那个，就等于失去两品脱的血。”她蔑视地望着我。

“血。”我低声道。她俯下身来轻轻地吻了我面颊一下。

“我对你说这些你不介意吧？”

“不，不。”我说。她站起身来。

“总有一天，等你年满二十一岁了，你会回过头来感谢我告诉了你这些事。”我点点头。她弯下腰来充满感情地揉了揉我的头发，然后迅速离开了房间。

姐妹俩再也不跟我一起在朱莉的床上玩了。那些游戏在父亲死后不久就停了，虽说并非因为他的死我们才停的。苏变得不情不愿，也许是她在学校里学到了什么，所以羞于再让我们对她为所欲为。我一直都没弄明白，因为这种事是没法讨论的。而朱莉现在是越发遥远了，她开始化妆并有了各式各样的秘密。在学校排队吃饭时，有一次我听到她称我为她的“小弟弟”，这让我很受伤。她还跟母亲在厨房里长谈，要是汤姆、苏或是我突然闯进去她们就又闭口不谈了。朱莉也像我母亲一样，对我的头发或是我的衣服说三道四，而且一点都不温和，反而冷嘲热讽的。

“你浑身发臭，”一旦我们之间有了分歧她就会这么说，“你真是浑身发臭。你干吗从不换件干净衣服？”类似的说三道四总会激得我口不择言。

“去你娘的！”我会嘘她，然后就去抓她的脚脖子，立誓把她胳肢死完事。

“妈，”她会大声尖叫，“妈，管管杰克！”然后我母亲不论碰巧在哪儿都会疲惫地喊一声，“杰克……”

最近一次我胳肢朱莉的时候，专等母亲去了医院才下手，我戴上一双巨大、肮脏的园艺手套，上次还是父亲戴过它，然后跟在朱莉后头进了她的卧室。她坐在她平常做作业的小桌子旁边，我站在门口把手藏在后头。

“你想干吗？”她满怀厌恶地道。我们在楼下一直争吵来着。

“来抓你。”我没再啰嗦，马上朝她伸出巨大的手掌，手指头往外撑着。单单这个架势就把她给降伏了。她竭力想站起来，可还是跌回到椅子上。

“你敢，”她咯咯大笑的间隙不断地说，“谅你也不敢。”

那两只巨大的手离她还有几英寸的时候，她已经在椅子上痛苦地扭动，尖声大叫着，“不……不……不。”

“没错，”我说，“你的死期到了。”我拽着她的胳膊把她拖到床上。她躺倒后把膝盖抬得老高，她两手举起护着她的咽喉。她眼睛一刻都不敢离开我罩在她头上的那两只大手，它们随时都会猛扑下来。

“走开走开。”她低声说。当时我觉得滑稽的是她是冲着那副手套而不是我说的。

“它们是来抓你的，”我说，又把我的手放低了几英寸，“可是没人知道它们会先从哪儿下手。”她无力地想抓住我的手腕，可我手一翻溜到她的手下面，于是那手套就紧紧箍住了她的胸腔，正好进入她的腋窝。当朱莉笑得上气不接下气时，我也哈哈大笑，为我的权力大为高兴。眼下在她的剧烈扭动中似乎有些恐慌。她没办法呼吸，她努力想说“求你住手”，可在亢奋中我怎么也停不住手。她肺里的空气仍然在小鸟一样的咯咯大笑中流失，一只手猛扯着手套粗糙的布料。当我向前一步想取个压制她的更好位置时，我感到有热热的液体遍布了我的膝盖。惊恐之下，我从床上跳下来，把手套从手上甩下来。朱莉的最后几声大笑转变为筋疲力尽的啜泣。她仰面躺着，眼泪流过颧骨落在头发上。房间里只有一股淡淡的尿味。我从地板上捡起手套，朱莉把脸别了过去。

“滚出去。”她口齿不清地说。

“对不起。”我说。

“滚……出去。”

汤姆和苏站在门口张望。

“出什么事了?”我出去的时候苏问我。

“没什么。”我说，很轻地把门带上了。

大约就从这个时候开始，母亲越来越经常地早早上床睡觉，她说她感觉整天都睡不醒。

“再早睡几个晚上，”她会说，“我也就复原了。”

这样就得由朱莉来负责晚饭以及督促我们睡觉了。苏和我正在起居室听收音机，朱莉进来就把它给关了。

“把屋里的垃圾桶倒掉，”她对我说，“再把外面的几个垃圾箱放到门前去。”

“去你的，”我大叫，“我在听收音机呢!”我走上去想再把它打开。

朱莉用手把开关盖住。当时我还因为袭击了她觉得挺惭愧,不好意思再跟她斗下去。象征性地又嘟囔了几句之后,我就到外头抬垃圾箱去了。等我回来时,发现苏正在厨房的水槽里削土豆皮。稍后,在我们坐下来吃饭时,餐桌上不像往常那么吵吵嚷嚷而是笼罩着一层很不自然的沉默。当我看向苏的时候,她咯咯笑了。朱莉不管我们,她说话时也是压低声音对着汤姆讲。当她离开厨房带着一托盘吃食到楼上去时,苏和我就在桌子底下相互踢着玩,哈哈大笑。不过,我们一听到她下楼的声音就消停了。

汤姆可不喜欢母亲不在场的这些晚上。朱莉要他把自己盘子里的所有东西都吃掉,他还不被允许爬到桌子底下或是发出滑稽的声音。最让他气恼的是朱莉不让他在母亲睡着的时候进她的卧室,他喜欢一件衣服都不脱地爬上母亲的床依偎在她身边。朱莉拽着他的手腕带他上楼。“不是去那儿,”她平静地道,“妈正睡着呢。”汤姆开始撒泼哭嚎,可当朱莉又把他拖回到厨房的时候,他就没辙了。他也有点怕她。她突然之间离开我们那么遥远,那么平静,那么确信她的权威。我想跟她说:“算了吧,朱莉,别再装蒜了。我们知道你到底怎么回事。”而且我继续跟踪她,可她理都不理我。她总是很忙，而且她的目光只是偶尔短暂地碰到我的目光。

我小心避免跟我母亲单独待在一起，以免她再旧事重提。我从学校里知道她完全搞错了。可如今我每次开始搞，一天一两次，我脑子里就禁不住闪过装满血的两品脱装牛奶杯的情形，杯子上还盖着银箔。我跟苏待在一起的时间比以前长了。她像是挺喜欢我，或者至少不想费心赶我走。她大部分时间都待在她的卧室里看书，她也从不反对我躺在她身边。她看那种写她同龄女生的小说，十三四岁的，在她们寄宿学校里的奇遇。她从社区图书馆里借来那种巨大的、带插图的有关恐龙、火山或是热带鱼的书。有时我也随便翻翻，看看那些图片。我对那些知识一点兴趣都没有。我很怀疑那些恐龙的图画，而且我告诉苏没人知道它们到底长什么样。她则告诉我那些骨架以及所有那些能帮助重建它们形象的线索。我们能争整整一下午。她知道的远比我多，不过我下定决心不让她赢。最后，我们都烦了都一肚子怒气，就谁都不理谁了。不过我们大部分时间都像是同谋一样谈着我们的家庭以及我们认识的所有的人，讨论他们的“真相”。我们很想知道母亲到底病得有多重。苏曾听见她告诉朱莉她又要换医生了。我们都认为姐姐变得越来越自高自大。

我如今不再把苏当个女孩子看了，她不像朱莉，她只是我妹妹，是个人。在一个漫长的星期天下午，当我们正在讨论我们父母的时候朱莉闯了进来。我一直在说他们俩其实私下里互相痛恨，而父亲死了正好称了母亲的意。朱莉挨着苏在床上坐下来，把腿架起来打了个呵欠，我犹豫了一会儿，清了清喉咙。

“继续啊，”朱莉道，“听着有点意思。”

我说：“没什么。”

“哦。”朱莉说。她脸有点泛红，头低了下来。现在轮到苏清喉咙了，我们都等着。

我傻呵呵地说：“我刚才在说我并不觉得妈当真喜欢过爸。”

“是吗？”朱莉带着嘲弄的兴致说。她其实很气。

“我不知道，”我嘟囔道，“也许你知道。”

“我为什么就该知道？”

又沉默了一会儿，然后苏开口说：“因为你比我们跟她聊得多。”

朱莉的愤怒通过不断累积的沉默表达出来，她站起身穿过房间后在门口又转身平静地说：“那只是因为你们俩根本不想搭理她。”她在门口停顿了一会儿，等着听我们的回答，她走后留下一股非常淡的香水味道。

第二天，放学后，我主动提出陪我母亲去商店买东西。

“又不买什么重的东西。”她说。她正站在阴暗的门厅里，照着镜子给围巾打结。

“就当散个步。”我咕哝了一声。

我们沉默地走了几分钟，然后她挎住我的胳膊对我说：“就快到你的生日了。”

我说：“是呀，是快了。”

“你年满十五岁感觉高兴吗？”

“不知道。”我说。

我们在一家药店等着为我母亲配药时，我问她医生是怎么说的。她正在细看塑料盘子里装的包装成礼物的一块肥皂。她把肥皂放下，开心地一笑。

“哦，他们都只会胡说八道，我不再跟他们打交道了。”她冲着配药的柜台点一下头，“我只要弄到自己的药片就成了。”

我长出了一口气。配好的药装在一个沉重的棕色药瓶里递了过来，我主动要求为她拿着。回家的路上，她提议在我生日那天搞个小型派对，我可以从学校邀请几个朋友参加。“不，”我马上说，“就我们家里人好了。”一路上我们盘算着到底怎么过，我们俩都很高兴终于有了可以谈论的话题。我母亲记得朱莉十岁时我们搞的一个派对，我也记得，当时我八岁。朱莉哭哭啼啼的，因为有人告诉她过了十岁就再也没有生日过了，这一度曾成为我们家的一个笑话。我们俩都没提我父亲在其间起的作用以及我还记得的所有其他派对。他喜欢让孩子们整齐地排好队，安静地等着在他制定的游戏里依次上场。喧闹和混乱，孩子们毫无目标地四处乱转会搞得他非常恼火，还从来没有哪个生日派对他没对哪个人大发其火的。在苏的八岁生日派对上，他想因为她四处乱荡送她上床睡觉。母亲插进来干涉，那也是最后一次搞派对，汤姆从来没有过派对。等我们走到大门的时候，我们已经没什么话可说了。她在手提包里翻钥匙时我在想，这次她是否会因为终于可以搞个没有他参与的派对感到高兴。

我说：“可惜爸这次不能……”而她说：“小可怜，他会多么为你自豪啊。”

我生日两天前，我母亲就开始卧床了。

“到时候我会起来的，”苏和我去看她的时候她说，“我没什么病，只不过非常、非常疲惫。”哪怕就在她跟我们讲话的时候，她的眼睛都几乎睁不开。她已经做好了蛋糕冰镇了起来，蛋糕上是一圈圈漾开的红蓝装饰线，正中间插了根蜡烛。汤姆为此很是开心。

“你不是十五，”他大叫，“到你生日那天你才一岁。”

生日那天一大早，汤姆就跑到我房间里跳上了床。

“醒醒，醒醒，你今天一岁了。”

早饭桌上，朱莉递给我一个很小的皮袋，袋里装着一把金属梳子和一把指甲刀，并没说三道四。苏送了我一本科幻小说，封面上画的是一个庞大的、有触须的怪物正在吞噬一条宇宙飞船，背后的天空是黑的，闪烁着明亮的星星。我拿了个托盘上楼到我母亲的房间。我进去的时候，她正仰面躺着，眼睛睁着。我坐在床沿上把托盘在我膝上放好。她倚着好几个枕头坐起来，小口啜着茶。然后她说：“生日快乐，儿子。我一早起来要是不喝点什么都讲不出话来。”

我们笨拙地拥抱在一起，她手上还端着茶杯。我打开她给我的信封，生日卡片里还夹着张两镑的钞票。卡上是地球仪、一堆皮面书、一副钓具和一个板球的静物照片。我再次拥抱了她，当茶在茶杯里晃荡时她叫了声“哎呀”。我们紧挨着坐了一会儿，她紧紧捏着我的手。她自己的手肤色蜡黄皮包骨头，我觉得就像是小鸡的脚。

整个上午我都躺在床上看苏送我的书，这是我有生以来看的第一本小说。穿越银河的星云中漂浮的细小的孕育生命的孢子被某一濒死恒星发出的特殊光线所照射，由此孵化出一个巨无霸怪兽，以 X 光为食物而且已经威胁到地球和火星之间的正常宇宙交通。亨特船长的任务就是非但要除掉这个怪兽，还要分解掉它巨大的尸体。

“如果允许它永远这么在太空中飘浮，”一位科学家在无数简报的一个中向亨特解释道，“不但会造成相撞的公害，而且谁知道别的宇宙射线会对它腐烂的躯体造成什么后果？谁知道它的残骸里还会不会生出别的变种怪兽？”

我完全被它吸引住了，当朱莉走进我的房间告诉我母亲不起床了，我们就在她床边一起吃蛋糕时，我都不明白她在讲什么，只是直勾勾地盯着她。

“你就不能帮她个忙，”朱莉离开前说，“就这一次把自己收拾得干净点儿？”

下午，汤姆和苏把蛋糕和杯子搬到了楼上。我把自己锁在浴室里站在镜子前。我不是那种亨特船长会带上他宇宙飞船的人。我正努力长出胡子来以遮掩脸上的皮肤，可每一根稀疏的毛发都像根手指一样引导着别人的目光看向底下的粉刺。我在洗脸池里加满热水，手掌心伸进去抵住洗脸池底，撑住我全身的重量。我经常就这个样子消磨半个小时，朝镜子俯下身去，手和手腕浸在热水里。这就是我所谓的洗漱。同时，我在做我的白日梦，这次想的是亨特船长。等到水已经不热了，我擦干双手并从兜里掏出那个小皮袋。我剪了指甲而且开始梳理我棕色的直发，我试了好几种不同的发式，最后决定梳成中分庆祝我的生日。

我走进我母亲的卧室时，苏开始唱“祝你生日快乐”，其他人也加入进来。生日蛋糕放在床头桌上而且蜡烛也已经点燃了。我母亲被枕头环绕着，她虽也随着歌声动动嘴唇，我却听不到她的声音。唱完之后，我把蜡烛吹灭，汤姆在床前跳起舞来并唱着，“你一岁了，你一岁了，”直到朱莉让他安静。

“你看着多漂亮，”我母亲道，“刚洗了个澡吧？”

“是的。”我说，切开了蛋糕。

苏往茶杯里倒她自己榨的橙汁，她说这些橙汁用了四磅真正的橙子。

“所有的橙子都是真的，不是吗，妈？”汤姆道。

我们都哈哈大笑，汤姆很为自己得意，又重复了几遍他的评论，却没第一次那么成功了。这几乎算不上一个真正的派对，而且我巴不得回去看我的小说。朱莉对着床将四把椅子摆成一个浅弧形，我们各就各位坐下来慢慢地吃蛋糕喝橙汁。母亲既没吃也没喝。朱莉想安排点节目，她想让大家都开开心。

“给我们讲个笑话，”她对苏说，“就你昨天跟我说的那个。”

苏讲了母亲也笑了之后，朱莉又对汤姆说：“给我们显显你的侧手翻。”

我们得把椅子挪开让出地方来让汤姆四处乱翻咯咯大笑。朱莉在他折腾了一会儿之后止住他，然后转向了我。

“给我们唱首歌怎么样？”

我说：“我什么歌都不会。”

“你当然会，”她说，“《绿袖子》怎么样？”

单单歌名就让我火冒三丈。“我希望你别再对我们所有人指手画脚，”我说，“你又不是上帝，没错吧？”

苏这时插了进来。“你来表演点什么吧，朱莉。”她说。

朱莉和我讲话的当口，汤姆已经把鞋子脱了而且爬到床上挨着母亲躺下了。她用胳膊搂着他的肩膀望着我们，仿佛隔着好远的距离。

“对呀，”我对朱莉说，“你来点什么给我们换换口味。”

朱莉二话没说，来到我们为汤姆的侧手翻清空的场地，突然间她的身体倒立起来，只用两只手撑着，紧绷、纤瘦并且纹丝不动。她的裙子垂下来盖住了头。她的内裤衬着她大腿浅棕色的皮肤白得耀眼，而且我看得一清二楚布料如何绕着松紧带微微皱起紧扣着她平坦、结实的腹部。几丝黑色的毛发拳曲地从白色的胯部露出来。她的两条腿起先并在一起，眼下慢慢地分开，就像两条巨大的胳膊。朱莉将两腿重新并拢然后落到地面，站起身来。在一阵糊糊涂涂乱乱哄哄之后，我发现自己站起身来，用哆哆嗦嗦充满热情的男高音唱起了《绿袖子》。唱完之后大家都鼓掌叫好，朱莉紧紧拉住我的手。母亲昏昏欲睡地微笑着。所有的一切很快就收拾干净了；朱莉把汤姆提下床来，苏把盘子和吃剩的蛋糕收走，我负责搬椅子。

4

一个炎热的下午，我在荒草丛里找到了一把锻工用的大铁锤。当时我正在一个废弃的预制房屋的花园里到处逛荡，挺无聊的。房子本身六个月前就被烧毁了。我站在焦黑的起居室里面，天花板塌了地板也烧没了。有面隔墙还没倒，正中间是个通向厨房的传菜窗。其中一扇小木头门还连在铰链上。在厨房里，残破的水管和电源装置还坚守在墙上，地板上躺着个碎了的水槽。所有的房间里都是死命往上蹿争取阳光的野草。大部分住人的房子里都填满了不易挪动的用具，它们各就各位，每样用具都告诉你该怎么做——这儿是吃饭的，这儿是睡觉的，这儿是你坐着的地方。可在这个烧毁了的地方一点秩序都没有，一切都不见了。在这些大敞着的被烧毁的房间里，我努力想象出地毯、衣橱、图画、椅子和缝纫机，我很高兴这些东西现在显得这么毫不相干、微不足道。在一个房间里还剩了一个床垫，紧扣在焦黑残破的搁栅之间。窗户周围的墙都塌了，天花板也塌了，不过还不至于碰到地面。那些睡那个床垫的人，我想，当然真的相信他们是在“卧室”里。他们想当然地认为卧室永远就是卧室。我想起自己的卧室，还有朱莉的、我母亲的，所有的房间终有一天都会倒塌。我已经爬过那个床垫正走在一堵断墙上的时候，发现了草丛里那把大锤的锤柄。我跳下来抓住了它。

这可是个了不起的发现，也许是消防员落下的，或是一帮破坏分子。我把它横扛在肩上带回了家，琢磨着能拿它砸碎什么东西。花园里的假山已经碎成了一堆，杂草丛生。除了铺路石之外也没什么可以下锤的，而它们早就碎了。我决定拿那条水泥小路下手，它有十五英尺长几英寸厚。根本就毫无用处。我脱光了膀子开始干起来。第一锤下去砸起一小块水泥，不过后面的几锤下去却纹丝没动，连块水泥渣都没掉。我喘了口气，重整旗鼓。这次竟砸出一道很大的裂缝，有一大块水泥碎了下来，真让我喜出望外。足有两英尺宽，搬起来很重。我把它清理出去靠在围墙上。我正要再次举锤开砸的时候，听到朱莉在我背后的说话声，“不许这么干。”她穿了件亮绿色的比基尼，一手拿着本杂志另一只手上是她的太阳镜。我们所在的房子的这一面正好在背阴处。我把锤头放在两腿之间的地上，身子靠在锤柄上。

“你说什么？”我说，“为什么不许？”

“妈说的。”我举起大锤使上吃奶的劲儿狠命砸在水泥小路上。我斜着肩膀瞅了她一眼，她耸了耸肩就走开了。

“为什么？”我在她后面叫道。

“她觉得不舒服，”朱莉头都没回地道，“她头痛。”我骂了一声把锤子倚在墙上。

母亲如今已经几乎起不来床了，我也就当作想当然的事实接受了下来。她是一点点逐渐卧床不起的，我们也就没觉得有什么大惊小怪。自从我生日那天，那是两星期前了，她就根本没起来过。我们适应得相当不错。我们轮流用托盘把吃食送上去，由朱莉在放学回家的路上购物，苏帮她做饭，盘子由我洗。母亲的床上堆满了杂志和图书馆借的书，可我从没见她翻过。大部分时间她都坐在床上打瞌睡，我进去的时候，她会略微一惊，醒过来，说句类似“哦，我肯定是迷瞪了一会儿”之类的话。由于我们一个客人也没有，也就没人问她到底出了什么问题，我也就没有当真琢磨过这个问题。我们后来才知道，其实朱莉了解更多的情况。每周六早晨她都带着处方去配新的药，回来时那个棕色的药瓶就又满了。没有一个医生来看过母亲。“医生我可看够了，我检查的次数也够我一辈子的数了。”在我看来这理由够有说服力的了。

她的卧室变成了整幢房子的中心。她打瞌睡的时候，我们就聚在那儿闲聊或是听她的收音机。有时我听到她指示朱莉该买些什么，或是汤姆该穿什么衣服，总是温和迅速地低声交代。“等母亲起来的时候”成了不久的将来一个模糊、不可知的时段，到那时一切就将恢复如常了。朱莉显得很严肃很能干，可我怀疑她在滥用职权，她很享受命令我们干这干那的过程。

“你该打扫一下你的房间了。”有次周末她对我说。

“你什么意思？”

“像个垃圾堆，都发臭了。”我什么话都没说。朱莉继续道，“你最好打扫一下，妈说的。”因为母亲病了，我觉得我应该听她的话，又因为我什么都没干，我心里也就一直放不下，担着个心。可母亲从没对我提过我房间的话，于是我又开始想她根本就没对朱莉说过什么。

盯了我的大铁锤一两分钟后，我转到了后院。时值七月中旬，还有一个星期就放暑假了，而且一连六个星期每天都热得要命。雨像是再也下不起来了。朱莉很想把自己晒黑，已经在那个碎成石堆的假山顶上清理出一小块平地。每天放学后她都会铺开浴巾晒上一个小时。她躺下后手和手指头都会平摊在身旁，每隔大约十分钟她会翻个身肚皮朝下，用拇指把比基尼的带子松开。她喜欢穿上件白色的校服罩衫显出她晒黑的肤色。我转过屋角的时候她才刚刚重新安顿好。她趴在浴巾上，头支在前臂上，脸背着我朝向隔壁的荒地，荒地上大簇丛生的荨麻都快旱死了。她身旁的太阳镜和一管浓稠的助晒油之间放着个迷你晶体管收音机，银黑相间，传出几个男人细弱轻快的声音。她躺着的空地外围的假山周边直上直下，只要在她左边轻轻推那么一下，她就会跌到我脚底下来。灌木和野草都枯死了，她的比基尼，鲜艳而且明亮，成为假山上唯一的绿色。

“嘿！”我盖过收音机里的声音叫了她一声。她并没有回头看我，可我知道她听到我的声音了。“妈什么时候跟你说要你告诉我不要砰砰乱砸的？”朱莉既没动弹也没吱声，于是我向假山上爬了几步为的是看到她的脸。她眼睛睁着。“我是说，你不是一直都在外头的嘛。”可朱莉却说：“帮我个忙成吗，在我背上涂点助晒油。”我往上爬的时候踩松了一块巨大的石头，它轰隆一声掉在地上。

“小心点。”朱莉道。我在她打开的两腿间跪下，从管子里往手掌心喷出一种白色的乳状液体。“抹到肩膀和后颈上，”朱莉说，“那是最要抹的地方。”然后低下头让头发垂到前面露出脖颈。我们虽说离地面也就五英尺高，倒似乎能觉到一丝清爽的微风。当我把乳液抹到她肩膀上时，我注意到我自己的手衬着她的背显得非常苍白而且肮脏极了。她肩上的带子已经松开了，拖在地上。我要是往旁边偏一点就能看到她的乳房，在她身体的阴影下若隐若现。我抹完之后她又透过肩膀叫我，“再往腿上抹。”这次我能抹得多快就抹多快，眼睛半闭着。我胃里觉得灼热而且想吐。朱莉的头再次靠在前臂上，她的呼吸缓慢而又均匀，像是睡着了。收音机里传来尖声播报比赛结果的声音，带着恶意的单调语气。一等她两条腿都抹匀了，我就从假山上跳了下来。

“谢了。”朱莉睡意蒙眬地喊了声。我匆忙进屋上楼来到浴室。那天傍晚时分，我把那柄大锤扔到了地窖里。

每隔两天就轮到我早上带汤姆去上学。每次都不容易让他上路，有时候他又喊又踢的，你得硬把他提溜出去。有天早上，这一套完了之后不久，我们走在路上时他相当平静地告诉我他在学校有个“敌人”。这个词在他嘴里说来听着很怪，我就问他到底什么意思。他解释说学校里有个比他大的男孩总是跟他过不去。

“他总是打我的头。”他用一种几近惊异的调子说。我一点也不觉得意外，汤姆正是那种招人欺负的孩子。他的个头在六岁的孩子里小了些，而且身子很弱。他面色苍白，有点招风耳，笑起来一副白痴相，而且黑色的头发在额前形成厚厚的偏分的刘海，更糟的是他小事上喜欢要小聪明而且爱跟人分辩——操场上完美的受气包典型。

“告诉我是谁，”我说，把我的塌肩直了直，“我帮你收拾他。”我们在学校外头停下来，透过黑色的栏杆往里看。

“就是那个。”他最后说，指着一个小木棚的方向。那是个瘦得皮包骨的孩子，比汤姆大个一两岁，红头发而且满脸雀斑。最卑鄙的那种，我暗想。我飞速穿过操场，伸出右手一把揪住他的翻领，左手卡住他的咽喉，砰砰地把他往棚子上撞，然后把他制在那儿动弹不得。他的脸哆嗦着而且像是鼓出来一块，我真想哈哈大笑，得意得不行。

“再碰我弟弟一指头，”我嘶声道，“我就把你两条腿给卸了。”然后我就走了。

当天下午是苏把汤姆从学校带回家的。他的衬衣一片片地挂在背上而且有只鞋子也不见了，半边脸又肿又红，一边的嘴角也破了。两个膝盖都擦伤了，小腿上是一道道干了的血痕。他的左手肿着而且一碰就疼，像是用脚给碾的。一进门，汤姆就发出一种怪异的动物般的嚎叫，马上要上楼。“不能让妈看到他这个样子，”朱莉叫道。我们就像一群猎狗扑向一只受伤的兔子一拥而上，把他带到楼下的浴室里并锁上了门。我们四个进去之后里面也就没多少空间了，在这个封闭的小空间里，汤姆的哭声简直震耳欲聋。朱莉、苏和我紧紧围住汤姆，给他脱衣服的时候不断吻他爱抚他。苏自己也快哭出来了。

“哦汤姆，”她一遍遍地说个没完，“我们可怜的小汤姆。”就在这个过程中，我还有心嫉妒我这个赤裸的小弟弟。朱莉坐在浴缸边上，汤姆就站在她两膝之间，在她用药棉给他擦脸时靠在她身上。她空下的那只手扶着他，手掌平贴着他的肚子，就在腹股沟上头。苏拿了块冷面巾敷在他擦伤的那只手上。

“是那个红毛干的？”我说。

“不是，”汤姆哭着道，“他一个朋友。”他被清理干净后就不再显得那么受伤了，那种戏剧感也就随之退潮。朱莉用一块浴巾把他裹好抱他上楼，苏和我先上去应付好母亲。她肯定听到了什么，因为她已经下了床而且穿上了晨衣，正准备下去呢。

“不过是在学校里打了一小架，”我们告诉她，“眼下已经都好了。”她又回到床上，这时朱莉就把汤姆安置在她身边。稍后，当我们围坐在床边聊着打架的事喝着茶时，汤姆仍然裹着那条浴巾，沉沉入睡。

有天晚上，晚饭后我们待在楼下，汤姆和母亲都已经睡了。当天母亲派朱莉去了趟汤姆的学校，跟他的班主任谈了汤姆受欺负的事，我们一直就是在聊这个。苏告诉朱莉和我她跟汤姆有过一次“怪异已极”的谈话。苏在卖关子，等着我们催她。

“他说了什么？”过了足有半分钟后我才疲倦地问。苏咯咯直笑。

“他跟我说过不许告诉别人的。”

“那你就别告诉了。”朱莉道，不过苏继续道：“他走进我的房间说：‘做个女孩感觉如何？’我就说：‘挺不错的，干吗问这个？’他就说他烦透了做男孩了，他现在想做个女孩。于是我就说：'可你如果本来是个男孩就做不了女孩了，'而他说：'不，我做得了，只要我想做就能做得了。'于是我又说：'你干吗想做个女孩？'而他说：'因为你要是个女孩就不会有人揍你了。'我告诉他有时候女孩也会挨打的，可他说：'不，不会的，不会的。'这样一来我就说：'可大家都知道你是个男孩，你又怎么变成女孩呢？'他说：'我要穿条裙子而且把头发弄成你那样而且上女厕所。'于是我说他不能这么做，而他说他当然可以这么做，然后他又说不管怎样他都想做个女孩，他说他想……"

苏和朱莉已经笑得前仰后合，苏都没法再讲下去了。我压根就没想笑，我听得既惊骇又入神。

"可怜的小东西，"朱莉说，"如果他这么想做个女孩我们就该成全他。"苏非常高兴，她两手一拍，"他要是穿上我的一件连衣裙肯定漂亮得很。他那张甜蜜的小脸蛋。"她俩相互对视哈哈大笑，空气中有一种莫名的兴奋。

"他肯定像个该死的白痴。"我突然道。

"什么？"朱莉冷冷地道，"你为什么这么想？"

"你明知他会……"我顿了顿。朱莉正在那儿运气呢，她光着的小臂交叉搁在桌子上，在灯光下显出比平时更深的棕色。

“会让他看起来像个傻子，”我意识到我本该保持沉默的，就嘟囔道，“所以你们才乐得合不拢嘴。”

朱莉讲话时很平静，“你认为女孩看起来像个白痴，像个傻子……”

“我没！”我愤怒地道。

“你认为看起来像个女孩丢人现眼，因为你认为做个女孩本身就丢人现眼。”

“我说的是汤姆，他看起来像个女孩不是什么好事。”

朱莉深吸了一口气，她的声音低沉下来。

“女孩子可以穿牛仔裤可以把头发剪短可以穿衬衫和靴子，因为看起来像个男孩也挺不错的，对女孩子来说这还很光彩呢。可一个男孩如果像个女孩那就是堕落，按照你的理论，因为你私下里认为做个女孩就是堕落。要不然你干吗认为汤姆穿上条连衣裙就丢人现眼呢？”

“因为事实如此。”我断然道。

“可为什么？”朱莉和苏一齐叫道，还没等我反应过来朱莉又说，“要是明天我穿上你的裤子去上学你穿我的裙子，我们马上就会看到谁的日子更难过。每个人都会指点着你哈哈大笑。”眼下朱莉就隔着桌子指向我，指尖离我的鼻子只有几英寸远。

“看看他！他看着就像个……呸！……小姑娘！”

“看她，”苏伸手指着朱莉，“她穿着裤子看起来倒是挺……伶俐的。”姐妹俩笑得前仰后合，相互倒在对方的怀抱里。

这不过是一次理论上的讨论，一天后汤姆放学回来，他老师给母亲写了封长信。在苏跟我忙着把餐桌往她的卧室搬的过程中，她大声读了其中的几段。

“我们很高兴汤姆在我们班级。”母亲很是满意地将这一行读了好几遍。她还喜欢“他是个温柔但是勇敢的孩子”。我们已经决定在卧室跟母亲一起吃饭。我还把两把小圈椅也一起搬了上来，现在床边几乎再也没有动一动的空间了。读信已经读得她筋疲力尽，她躺回到那堆枕头上，眼镜松松地挂在手上。信滑到了地板上。苏捡起来把它装回到信封里。

“等我起来后，”母亲对她道，“我们先重新装修一下楼下的房间，再把这些家具挪回去。”苏坐在她的床上，她们已经开始讨论用什么颜色了。我坐在桌旁，手托着腮。已经挺晚的了，不过仍然很热。卧室里的几个推拉窗都已开到最大。窗外传来小孩子的声音，他们正在不远处拆空了的预制房屋那儿玩，突然有人大叫某个人的名字，声音盖过了嗡嗡嘤嘤声。房间里飞着不少苍蝇，我眼看着有一只爬过我的整条胳膊。朱莉在假山上晒日光浴，汤姆正在外头的什么地方玩儿。

母亲已经睡着了，苏把她手里的眼镜拿过来，折好放在床头桌上，然后她就离开了房间。我听着母亲高低起伏的呼吸。她鼻子里可能堵了黏液，使她发出一种尖锐的高音，就像空气中有把利刃，然后又没了。把厨房的餐桌搬上来我还没新鲜够，我仍有些恋恋不舍。我生平第一次在深色的油漆底下看到了木头黑色的涡形纹路，我把两条光胳膊搁在清凉的桌面上。它在这儿似乎显得更加真实，我都没法想象它在楼下的样子了。母亲躺在床上发出一种短促、柔和的咀嚼声，是舌头摩擦牙齿产生的，像是她正梦到口渴。我终于站起来来到窗前，不断地打着呵欠。我还有作业要做，可既然漫长的暑假就要开始了，我也就懒得操心了。我甚至不能确定秋季开学时我仍会回到学校，不过我也没有其他任何盘算。外面，汤姆和另一个跟他差不多个头的男孩沿街拖着一个巨大的卡车轮胎一直走出我的视线。他们拖着而非滚动着它的事实让我觉得极端疲劳。

我正要再次在桌旁坐下时听见母亲喊我的名字，于是我走过去坐在她床边。她微笑着摸了摸我的手腕，我把手挪开放在膝盖间，我不想让她摸我，太热了。

“你打算干吗？”她说。

“没什么。”我叹了口气道。

“心烦了？”我点了点头。她想伸手抚摩我，可我坐的地方她够不到。

“希望你能找到个假期的活儿，给自己赚点钱用。”我含混地咕哝了一声，不过把脸转向她。她的眼睛像往常一样深深陷进去，眼睛周围的皮肤又暗又皱，仿佛它们也是视觉器官的一部分。她的头发更加稀疏灰暗了，有几绺落在床单上。她在睡衣外面又罩了件粉灰色的开襟羊毛衫，袖口处突起来一块，因为她把手绢塞在那儿。

“再坐近些，杰克，”她说，“我有话要对你说，我不想让别人听见。”我往床里挪了挪，她把手放在我的小臂上。

一两分钟过去了，她还没开口。我等着，有点烦了，有点疑心她想跟我谈我的外表或是我浪费掉的血。要是果真如此，我已经准备好扭头就走。最后她说："我可能马上就要走了。"

"去哪儿？"我马上问。

"去医院给他们个机会查查我到底得了什么病。"

"要去多久？"她犹豫了一会儿，目光从我的注视下移开转而盯着我的肩膀。

"可能要挺久的，所以我才想跟你谈谈。"我真正感兴趣的是她到底要离开多久，一种自由的感觉已经在我心里蠢蠢欲动。可她却说："这就意味着朱莉和你将不得不肩负起一家之主的责任。"

"你是说朱莉吧。"我很郁闷。

"是你们俩，"她坚决地道，"把一切都留给她不公平。"

"那你要跟她说清楚，"我说，"我也有份。"

"这个家必须得正常运转，杰克，而且汤姆也要有人照管。你们得让这个家保持干净整洁，否则你知道会发生什么事。"

"什么事？"

"他们会进来照管汤姆，也许还有你和苏珊。朱莉也不能一个人再在这里待下去了。这么一来这个家就空了，消息传出去之后要不了多久就会有外人闯进来，把家里的东西搬空，把所有的一切都破坏掉。”她按了按我的胳膊微微一笑，“这么一来，等我从医院里回来的时候我们大家就都无家可归了。”我点了点头。“我已经在邮局给朱莉开了个户头，钱用完了会从我的存款里转过去。够你们几个用一阵子的，足够用到我从医院回来。”她躺回到枕头上，半合上眼。我站起来。

“好的，”我说，“你什么时候进去？”

“可能也就一两个星期之后吧，”她合着眼说。我走到门口的时候她又说，“越快越好，我想。”

“是的。”我发出声音的不同方位让她睁开了眼，我站在门口准备离开。她说：“我真厌倦了整天躺在这儿什么都不干。”

三天后她死了。朱莉星期五放学回家后发现的，那正是放假前的最后一天。苏带汤姆游泳去了，我比朱莉晚几分钟到的家。我转过大门前的小路时看见她从母亲卧室的窗口探出身来，她也看到了我，可我们没打招呼。我并没马上就上楼，我把夹克和鞋子脱下来，从厨房接了杯凉水喝了。我打开冰箱看有什么可吃的，找到了些奶酪就着个苹果吃了。

家里非常安静，我因为眼前那几个星期空空的假期觉得挺压抑的。我还没找到什么工作，其实我连找都没找。出于习惯，我上楼去跟母亲打个招呼。我发现朱莉站在母亲卧室门外的平台上，而她一看到我就把门关上而且弯腰锁上了。她微微有些哆嗦地站在我面前，钥匙紧紧握在拳头里。

“她死了。”朱莉平静地道。

“你说什么？你怎么知道？”

“这几个月来她一直在等死。”朱莉一把将我推到楼梯上，“只不过她不想让你们几个知道罢了。”我马上对“你们几个”这种说法火冒三丈。

“我想看看，”我说，“把钥匙给我。”朱莉摇了摇头。

“你还是先下去，在汤姆和苏进来之前先让他们有个准备。”我一度想把钥匙硬抢过来，不过终归还是转过身去，头昏眼花，亵渎神灵地笑着，跟姐姐下了楼。

5

我来到厨房的时候，朱莉已经在那儿安顿下来。她把头发绑成马尾，正背靠着水槽站着，胳膊抱在一起。她所有的重量都落在一只脚上，另一只脚平搭在背后的碗橱上，这么一来她的膝盖就凸了起来。

“你到哪儿去了？”她说，可我没听明白。

“我想看看。”我说。朱莉摇了摇头。“这个家由我们俩一起负责，”我绕过桌子的时候说，“她跟我说的。”

“她死了，”朱莉说，“坐下。你还不明白吗？她已经死了。”我坐了下来。

“我也是负责的。”我说着不禁哭了起来，因为我感到自己受了骗。我母亲还没向朱莉解释过她托付我的事就去了。去的可不是什么医院，是永远地去了，我的身份也就无法核实了。我一下子清楚彻底地理解到她死了的事实，我也就哭不下去了。不过我接着又把自己描画成一个母亲刚刚去世的人，于是我又能顺畅地哭下去了。朱莉把手放在我的肩膀上。我一感觉到她手的触摸就仿佛通过厨房的窗户看到了一幅由我俩形成的静止的戏剧场景，一坐一立，而且一下子我都分辨不出哪一个是我。我下面有个人在我指尖所及之处坐在那儿哭。我不确定朱莉到底是在体贴地还是不耐烦地等我哭完。我连她是否在想着我都不确定，因为放在我肩膀上的手的触摸丝毫不带感情。这种不确定使我止住了哭声。我希望能看到她脸上的表情。朱莉又回到她刚才在水槽边的姿势并说："汤姆和苏就要回来了。"我用厨房的手巾擦了脸擤了擤鼻子。"他们一回来我们也就告诉他们吧。"我点了点头，我们俩就不再言语地站在当地等了约半小时。

苏进门来朱莉把母亲去世的消息告诉她后，两个女孩子都痛哭流涕并拥抱在一起。汤姆还在外头什么地方玩。我眼看着姐妹俩哭作一团，觉得如果不看着又会显得不友善。我觉得自己被排除在外头，可又不希望表现出来。我把手放在苏的肩膀上，学朱莉的样，可她们俩压根就没注意到我，就像两个拳击手相互扭住对手根本顾不上别的，于是我又把手拿开了。朱莉和苏一边哭着一边说着些莫名其妙的事，也许是自言自语，也许是讲给对方听。我希望我也能像她们俩一样放任自己，可我觉得像是被人注视着。我想跑开去照照镜子里的自己。汤姆进屋的时候姐妹俩这才分开，一起转向他。他要了杯果汁汽水，一口气喝完又跑出去了。苏和我跟着朱莉上楼，当我们在她身后站在平台上等着她开门时，我把苏和我想象成一对小夫妻，就要被领进一个邪恶的旅馆房间。我打了个嗝，苏咯咯笑了，朱莉嘘了我们一声。

窗帘并没有拉上，朱莉后来告诉我是“免得人家起疑”。房间里洒满阳光。母亲靠坐在一堆枕头上，两只手伸到床单底下。她原本可能在打瞌睡，因为她的眼睛并不像电影里的死人那样大睁着，不过也没完全闭上。床边的地板上堆着她的杂志和书，床头桌上的闹钟还在嘀嘀嗒嗒走动，还有一杯水和一个橙子。苏和我干站在床尾看着，朱莉则抓住床单想用它罩住母亲的头。因为她坐在床上，床单够不着。朱莉用力一拉，床单给拉了出来，她能盖住头了。可母亲的脚又露了出来，它们从毯子底下伸出来，青白颜色，每个脚趾间都有点空隙。苏和我又笑出了声。朱莉把毯子拖过来盖在脚上，可母亲的头又露了出来，就像个揭了幕的雕像。苏和我不可抑制地大笑起来。朱莉也笑了；她紧咬着牙关整个身体都在哆嗦。床单毯子终于理好了之后，朱莉过来跟我们一起站在床尾。透过白色的床单，母亲头和肩膀的形状历历在目。

“这看起来太可笑了。”苏哭道。

“一点都不可笑!”朱莉激烈地说。苏探身向前把床单拉下来，露出母亲的头，朱莉几乎同时猛捶苏的胳膊并大叫，“不要碰她!”我们背后的门开了，汤姆进了房间，他刚在街上玩过游戏，还气喘吁吁的。

朱莉和我一把抓住他，他就说：“我要妈。”

“她睡觉呢，”我们低声说，“看，你看得见的。”汤姆挣扎着要冲过去。

“那你们刚才干吗还大呼小叫的？我不管，她没睡，是不是，妈？”

“她睡得可沉了。”苏说。有那么一瞬，我们好像可以通过沉睡、深深的沉睡使汤姆接受死的概念。可对此我们并不比他懂得更多，而且他也感觉到出了什么事。

“妈!”他大叫，拼命想摆脱我们冲到床边去。我抓住了他的手腕。

“不能这么做。”我说。汤姆朝我脚踝踢了一脚，挣脱了我的手，溜过朱莉跑到了床头。他一只手撑着母亲的肩膀，把鞋子脱掉，然后洋洋得意地瞪着我们。这样的场景以前也发生过，有时候他能得手。事已至此，我只能由他自己来发现真相了，我只想看看事情到底怎么发生。可汤姆刚把床单拉下来爬上床去靠在母亲身边，朱莉就一跃而起抓住了汤姆的胳膊。

“来。”她声音很柔和，同时往下拉他。

“不嘛，不……”汤姆拖长声音尖叫着，就像以往一样，空着的一只手抓住了母亲睡衣的袖子。朱莉拽汤姆的时候，母亲也以一种僵硬恐怖的方式向一旁倒下，她的头磕到了床头桌，闹钟水杯都被撞到了地板上。她的头嵌进了床和床头桌之间的空隙，而且枕头边的一只手也露了出来。汤姆安静下来动也不动了，几乎呆了，任由自己像个盲人一样被朱莉领走。苏已经离开了房间，不过我并没注意到她什么时候走的。我犹豫了一会儿，不知道该不该把尸体推回到原位。我朝她走了一步，可怎么都不敢碰她。我奔出房间，砰地把门关上，锁上房门把钥匙放在自己兜里。

傍晚的时候，汤姆在楼下的沙发上哭着睡着了。我们用条浴巾给他盖上，因为谁都不想一个人上楼去拿条毯子。剩下来的时间我们就坐在起居室里，都不怎么说话。苏哭了一两回，然后又自己止住，仿佛她已经费不了这个力了。朱莉说："她可能是在梦里去世的。"苏和我点了点头。几分钟后苏加了一句，"这就没什么痛苦了。"朱莉和我喃喃地同意。停了挺长时间后我又说："你们饿吗？"姐妹俩都摇了摇头。我很想吃点东西可又不想一个人吃。我不想一个人干任何事。等她俩终于同意吃点什么的时候，我拿进来面包、黄油和橘子果酱，还有两品脱牛奶。我们一边吃着，自然也就有了话题。朱莉告诉我们她第一次"知道"是在我生日的两个星期前。

"我生日那天你做了徒手倒立。"我说。

"你唱了《绿袖子》，"苏说，"可我干什么来着？"我们都想不起苏干了什么，她就不断地说："我知道我肯定也干过什么。"一直到我让她闭嘴。午夜过后不多久我们一起上楼去，在楼梯上贴得特别近。朱莉领头，我背着汤姆。刚上到第一个平台，在经过母亲房门前我们都停下来挤作一团。我想我都能听到她房间里那个闹钟的嘀嗒声。我很高兴门是锁着的。我们把汤姆放在床上的时候并没惊醒他。两个女孩子心照不宣地决定睡在一起。我上了自己的床紧张地仰面躺着，一旦脑子里出现一个我想逃避的想法或是景象，我就猛地把头甩向一旁。半个小时后我走进汤姆的卧室，把他抱到我自己床上。我注意到朱莉房间的灯仍亮着。我用胳膊搂住我的小弟弟沉入了睡眠。

第二天天都晚了的时候，苏说："你们不认为我们该告诉什么人吗?"

我们正围着假山坐着。我们一整天都是在花园度过的，因为天很热，也因为我们害怕我们背后的那幢房子，那些小窗户现在看起来不再像是全神贯注，而像沉重的睡眠。一早就因为朱莉的比基尼发生过争执。苏认为她不该再穿它，我说我不在乎，苏说如果朱莉穿上比基尼就意味着她不在乎母亲。汤姆开始哭了，朱莉就回屋把比基尼给脱了。我靠温习一堆旧漫画书消磨了一天，有些还是汤姆的。我意识中总是隐隐地感觉我们都坐在原地等着某个可怕的事件发生，然后我才记起它已经发生过了。苏在温书，有时候自己哭几声。朱莉坐在假山顶上，手里拿了几块小鹅卵石碰得哐哐响，把它们扔起来再接住。她挺生汤姆的气，他一会儿哼哼唧唧要大家都来关照他，一会儿又没事人一样跑出去玩了。他曾想抱住朱莉的膝盖不放，我听见她把他推开的时候说："走开，请走开。”后来我就给他读一本漫画书上的故事听。

苏问她问题的时候，朱莉抬头看了我们一眼，目光马上就转到别处了。我说了句“要是我们跟别人说了……”然后就等着。苏说：“我们必须得告诉别人，这样我们才能有个葬礼。”我瞥了一眼朱莉。她目光穿过我们花园的围墙，穿过那片空地一直盯着那个高层建筑的街区。

“要是我们告诉了别人，”我又说，“他们就会闯进来把我们带到个孤儿院之类的地方照看起来。他们可能还会给汤姆另找人家收养。”我顿了顿。

苏吓坏了，说：“他们不能这么做。”

“这个家就全空了，”我继续道，“别人就会破门而入，就什么都剩不下了。”

“可我们如果谁都不告诉，”苏说并含糊地朝房子指了指，“我们接下来该怎么办？”我又看了朱莉一眼，更加大声地说：“那些孩子会闯进来把一切都砸个稀巴烂。”朱莉把手里的鹅卵石扔到了围墙外头。她说：“我们不能就这么把她放在卧室里，她会开始发臭的。”苏几乎在大喊：“你怎么能这么说！”

“你是说，”我对朱莉道，“我们不该告诉别人？”

朱莉一言未发，朝屋里走去。我看着她走进厨房，在水槽里用水冲脸。她把头放在冷水龙头下头，直到头发都浸湿了，然后她把头发上的水绞了绞并把脸上的水擦干。当她回来时，水珠滴在了肩膀上。她在假山上坐下说："如果我们不告诉别人，我们就得尽快自己来处理。"苏都快掉眼泪了。

"可我们能怎么做?"她哀叹道。朱莉有点故意端着，她非常平静地说："当然是埋了她。"话虽然简明扼要，她的声音仍有点哆嗦。

"是的，"我说，也因为恐惧浑身哆嗦，"我们可以搞个私下的葬礼，苏。"我妹妹眼下已经泣不成声了，朱莉用胳膊搂住她的肩膀。她的目光通过苏的头冷冷地看着我。我突然间对她们俩都生起了气，我起身绕到前面去看看汤姆正在干吗。

他正跟另一个小男孩坐在前门附近的一堆黄沙上，他们正在挖一个拳头大小的复杂的坑道系统。

"他说，"汤姆的朋友朝上斜视着我嘲弄地说，"他说，他说他妈刚死了，这不是真的。"

"是真的，"我告诉他。"她也是我妈，她是刚死了。"

"喏喏，告诉过你了，喏喏。"汤姆讥诮地说，把两个拳头深深插入沙里。

他的朋友想了一会儿,“喔,我妈没死。”

“管你呢。”汤姆说,继续挖他的坑道。

“我妈没死。”那个孩子又跟我重复了一遍。

“那又怎样?”我说。

“因为她没死,”那个孩子大叫,“她没死!”我镇定了一下脸上的表情,在他旁边的沙子上跪下来。我把手充满同情地搁在汤姆这位朋友的肩膀上。

“我要跟你说件事,”我平静地说,“我刚从你家过来,你爸告诉我的,你妈死了。她出来找你,一辆车从她身上轧了过去。”

“喏喏,你妈也死了。”汤姆幸灾乐祸地说。

“她没死。”那个孩子对自己说。

“我正告诉你呢,”我嘶声对他说,“我刚从你家过来。你爸正难过呢,而且对你动了真气。你妈被车轧死可都是因为出来找你。”那孩子站了起来,脸都白了。“我要是你就不回家,”我继续说,“你爸正找你呢。”那孩子沿着我们花园的小路跑向前门。然后他才回过神来,转身跑了回来。他经过我们面前的时候已经开始哭了。

“你要去哪儿?”汤姆在他后面喊道,可他的朋友摇着头继续向前跑。

天一擦黑我们就都进了屋,汤姆又变得害怕、痛苦起来。我们想让他上床睡时他哭了起来,所以我们就让他待着,希望他能在沙发上睡着。他动不动就大惊小怪又哭又叫,我们根本没办法讨论接下来该怎么办。我们只能结束围着他进行的讨论,在他头顶上大呼小叫。当汤姆因为没有了橙汁又是尖叫又是跺脚,苏忙着安抚他的时候,我飞快地对朱莉说:“我们该把她埋在哪里?”她说了句什么,可是淹没在汤姆的尖叫中。

“埋在花园里,假山底下。”她重复道。后来汤姆的哭叫就只是因为母亲了,我试着安慰他时注意到朱莉在向苏解释什么,苏一边点头一边擦着眼睛。我正试图跟汤姆谈他在沙堆里挖的坑道以转移他注意时,突然心生一计。我忘了自己在讲的话题,汤姆又开始嚎起来。直到午夜都过了他才睡着,也只有到了那时,我才能告诉朱莉和苏我认为埋在花园里不是个好主意。我们得挖一个深坑,那得花好长时间。我们要是在白天挖就会被人看到,而如果在晚上干就得需要手电,可能被高层住宅区的住户看到。而且我们又怎么瞒得过汤姆？我故意暂停一会儿卖个关子。不管怎么说，我自我感觉好得很。我一直都很羡慕电影里的那些绅士罪犯，他们以一种优雅的超然讨论着完美的谋杀计划。我说话的时候，偶尔在口袋里摸到了钥匙，我又倒了胃。我继续很有把握地说："而且要是有人来查，他们自然首先就要把花园挖开。你天天都能从报上看到这类故事。"朱莉密切地看着我。她像是开始认真对待我了，等我说完了她说："那你说该怎么办？"

我们俩把苏跟汤姆一起留在厨房。我的主意并没让苏生气或是害怕。她只是太难过了，都顾不得了，而且像个老太太似的缓慢地把头摇来摇去。外面的月光挺亮的，我们借着月光找到了手推车和一把铁锹。我们俩把车子推到前门那儿装了满满一车沙子。我们通过煤坑往地窖里卸了有六车沙子，然后我们俩站在厨房外头讨论怎么把水运进去。我说我们恐怕只能一桶一桶往下拎了。朱莉说地窖里应该有个水龙头的。最后我们在存放旧衣服和玩具的小间里找到了水龙头。因为地窖离母亲的卧室更远了，我在里面倒是比在别的房间更觉得安心些。我模糊地觉得应该由我来负责搅拌水泥，可朱莉已经把铁锹握在手里而且已经堆好了一堆沙子。她劈开一袋水泥，然后站在当地等我去打水。她干得飞快，上下左右地使劲搅拌直到变成一大堆黏稠、灰色的湿水泥。我把那个大铁皮柜子的盖掀开，朱莉把水泥铲到里面。湿水泥现在已经在柜底堆积了有五英寸厚。我们一致同意再和更大的一堆，这次我负责搅拌朱莉去打水。我干活的时候，从没想过我们这么干的目的所在，搅拌水泥的过程中也就丝毫没有什么怪异的感觉。等把第二堆水泥也铲进柜子里之后，我们干了已经有三个小时了。我们上去到厨房喝了点水。苏在一把扶手椅上睡着了，汤姆则趴在沙发上。我们给苏盖了件外套重又返回地窖。大铁皮柜子已经快半满了，我们决定在把她弄下来之前应该先备好非常大的一堆水泥。这可要费不少时间。我们已经把沙子都用光了，而且因为我们就只有一把铁锹，我们俩就一道上去到花园先去弄点沙子。天空的东边已经开始放亮。我们又用手推车运了五趟。我不禁怀疑地问朱莉，等汤姆一早出来发现他的沙子都不见了我们该怎么说。朱莉模仿着他的语气说："给风吹没了。"我们俩疲惫地咯咯一笑。

等我们终于把水泥全都和好之后已经早上五点了，我们几乎一个小时之内都没相互看一眼说过一句话。我把钥匙从口袋里拿出来而朱莉说："我还以为把它给丢了，原来你一直揣着呢。”我跟在她后头上楼来到厨房。我们休息了一会儿，又喝了些水。我们把起居室的几件家具挪了挪以防挡路，而且用一只鞋撑住起居室的门不让它关上。到了楼上，这次由我第一个打开门锁把门推开，不过先走进房间的仍是朱莉。她本来想开灯，转念一想又改了主意。灰蓝色的光使房间里的一切都带上了一种平面、没有纵深的感觉，我们像是跨进了一张母亲卧室的旧照片。我并没有马上朝她的床看。房间里的空气潮湿而且气闷，仿佛有几个人在这儿关门闭户地睡过。除了这种闭塞感之外还有一种淡淡的却很强烈的气味，你吸气吸到顶，肺里满了的时候就能闻到。我就用鼻子浅浅地呼吸。她还像我们离开她时一个姿势躺着，我只要一闭上眼睛，这幅图景就会自动出现在我眼前。朱莉站在床尾紧紧抱住胳膊。我走近几步，放弃了我们可以把她抬起来的念头。我等着朱莉，可她也没动。我说：“我们做不到。”朱莉的声音非常尖锐非常紧张，而且她讲得飞快，仿佛要装得兴高采烈而且很有效率。

“我们把她裹在床单里。不会太难的。我们快点完成，不会太难的。”可她仍然站着没动。

我背朝着床在桌旁坐下，朱莉马上生起气来。

"好呀,"她说得飞快,"都留给我。你干吗就不能先干点什么?"

"干什么?"

"把她裹在那条床单里。那不是你的计划吗?"

我真想睡。我闭上眼睛身体立刻猛地向下沉去。我紧紧抓住桌边站了起来。朱莉语气也放缓了。

"如果我们把床单在地板上铺开,我们就能把她抬上去了。"我朝我母亲大步走去,把床单从她身上抽下来。当我把床单在地板上铺开时,它落下的动作竟然感觉如此梦幻和缓慢,边边角角像浪头一样翻滚着折叠着,我都不耐烦地喘了口粗气。我抓住我母亲的肩膀,半闭上眼睛把她从床头桌那儿推到床上。我故意不看她的脸。她似乎在抗拒着我,我必须得两只手一起用力才推得动她。现在她斜躺着,她两条胳膊形成怪异的角度,她的身体扭曲固定为自打前天起就一直保持的姿势。朱莉抓住她的两只脚,我从后面抬她的肩膀。当我们把她放在床单上时,穿着睡衣的她看起来竟如此脆弱和悲哀,躺在我们脚下就像只断了翅膀的小鸟,我第一次为了她而非为了自己哭了起来。床上有她留下的一块巨大的棕色污迹,边缘渐变为黄色。我们跪在母亲身旁努力用床单给她翻个身的时候朱莉的脸上也是湿的。很难，她的身体扭曲得太厉害了，很难翻转。

“她不愿意走。她不愿意走。”朱莉恼怒地哭叫。

我们终于成功地用床单把她松松地裹了几层。她一旦被盖起来，事情也就容易些了。我们把她抬起来出了卧室。

下楼梯的时候我们一个台阶一停，到了楼下的门厅里，我们又重新把床单松开的部分归置了一下。我的手腕开始疼了。我们俩都没吭声，可我们都明白我们想一口气把她抬过起居室，中途不再把她放下来。我们快到另一侧厨房门口的时候，我朝左边环顾了一下，看了看苏睡在上头的椅子。她正坐在椅子上，外套一直盖到下巴底下，瞪大眼睛看着我们经过。我本想低声跟她说句什么，可还没等我想到说什么，我们已经穿过厨房的门转上了通往地窖的楼梯。我们把她放在距离铁柜子几步远的地上。我又去打了一桶水，把那一大堆备好的水泥再湿润一下，稍后，我搅拌的时候一抬眼，发现苏就站在门口。我原以为她可能会试图阻止我们，可当朱莉和我站起来准备抬尸体时，苏走上前来抬住了中间一段。因为她不可能挺直躺着，柜子险些都装不下她。她往已经铺好的水泥里陷进去一两英寸。我转身找铁锨，可朱莉已经拿在手上了。当她将第一锨水泥倒在母亲脚上时，苏发出一声惊呼。然后，当朱莉又铲了满满一锨时，苏也匆忙冲向水泥堆，用双手尽可能多地捧起水泥扔到柜子里。然后她就拼了命地飞快往里填水泥。朱莉也铲得更快了，摇摇晃晃地端着满满一锨填到柜子里，马上跑回来继续铲。我把两手伸进水泥里把一大抱水泥扔了进去。我们发疯一般干着，很快就只有几小块床单还露在外头了，接着就全都不见了。我们仍继续干着，唯一的声响就是铁锨的刮擦和我们沉重的呼吸。等我们终于干完了，那一大堆水泥只在地上留下一块潮湿的痕迹，柜子里的水泥则几乎溢出来了。我们离开之前停留了一会儿，看了看我们完成的工作，哽住了呼吸。我们决定让盖子就这么开着，这样水泥能硬得更快些。

第二部

6

我父亲去世两三年前的时候，我父母曾去参加过一次他们最后一个亲戚的葬礼。可能是我母亲的姑妈，或者是我父亲的，也可能是个叔叔。到底死的是谁他们没讨论过，可能因为这个亲戚的死对我父母来说没什么感觉，当然对我们这帮孩子来说就更是一点关系都没有了。我们更关心的是我们就要单独待在家里，差不多要照顾汤姆一整天了。母亲几天之前就预先告诉我们应该担负的责任。她会给我们做好午饭，我们饿了的时候只需要加热一下就成了。她一个一个地手把手教我们——朱莉、苏，然后是我——怎么操作炉子并要我们保证检查三遍炉子的开关是不是正确关闭了。她又改了主意说她打算给我们准备一顿冷餐，不过她最后还是觉得这行不通，因为那时是冬天，我们到了中午都吃不到点热东西可不成。父亲又告诉我们如果有人敲我们的大门该如何应付，虽说当然没什么人敲我们的大门。他还教导我们万一房子失了火我们该怎么办，我们不应该待在房子里扑救，应该跑出去找电话亭，而且无论出现什么情况，我们都不能把汤姆给忘了。我们不能钻到地窖里去玩，我们不能给电熨斗插上电源，也不能用手指去碰触电插座。我们带汤姆上厕所的时候要一直抱着他。

我们被要求态度严肃地重复这些指示直到每个细节都正确才算完，然后我们就聚在大门口看着父母穿着黑衣服走向公共汽车站。他们每走几步就焦虑地回头并招招手，我们则是兴高采烈地挥着手。等他们走远了，朱莉用脚把大门砰地关上，兴奋地欢呼一声，同时猛一转身弯腰狠狠朝我肋下戳了一把，这一戳让我一直撞到墙上。朱莉一步三级地跑上楼去，从上面看着我哈哈大笑。苏和我跟在她后面奔上楼，我们进行了一场疯狂、野蛮的枕头大战。后来我在楼梯顶上用她们姐妹俩从底下扔上来的被褥和椅子搞了个路障。苏在一个气球里装满了水把它砸在我头上。汤姆在楼梯脚，一边咧嘴笑着一边趔趔趄趄。他兴奋了一个小时后拉在了裤筒里，一阵很奇怪很刺激的气味冲到楼上打断了我们的战斗。朱莉和苏站在同一战线，她们说该由我来处理因为我和汤姆都是男的。我很不自在地琢磨了一下这件事的性质，就说这种事显然更应该由她们做女孩子的负责处理。结果什么都没解决，我们的疯狂战斗继续进行。不久汤姆就开始哭起来，我们再次罢战。我们把汤姆拎起来，把他抱到他卧室，放在他巨大的铜制婴儿床上。朱莉把他平时学步用的安全带拿来把他绑了起来。到这时候，他的哭叫已经震耳欲聋，小脸也涨得通红。我们把婴儿床的边竖起来就匆忙跑了出去，急于逃脱难闻的气味和哭叫。汤姆的卧室一关上我们就几乎什么都听不到了，遂忙不迭地继续战斗。

这次事件前后也不过几个小时，却像是充斥了我整个的童年时光。距我们父母预定回来的时间还有半小时的时候，我们一边笑着我们面临的危险，一边开始清理混战的战场。我们一起把汤姆收拾干净。我们发现了母亲为我们备的午饭，我们忙得根本就没顾上吃，就倒在马桶里冲掉了。那天晚上我们共享的秘密搞得我们亢奋不已，我们穿着睡衣齐聚在朱莉的卧室里讨论我们怎么才能在近期“再干一场”。

母亲死的时候，在我最强烈的几种情感之下隐藏着一种冒险和自由的感觉，这种感觉我自己都几乎不敢承认，它就是从五年前那一天的记忆中来的。可现在却一点兴奋感都没了。这些天来白天太长，也太热，整个家都像是睡着了。我们也不再坐在外头了，因为风从高层住宅区和它们后面的几条主要街道上吹来一种很细的黑色尘土。而且热归热，太阳却似乎总是照不破一团高高的黄云；我看到的一切都似乎溶进了逼人的日光中，变得毫无意义了。汤姆看来是唯一感到满意的了，至少白天如此。他有个朋友，就是跟他一起玩沙子的那个。汤姆似乎并没注意到那堆沙子已然不见了，他那个朋友似乎也没再提我瞎编的有关她母亲的故事。他们跑到更远些的地方去玩，在那些已经毁掉的预制房屋里进进出出。到了傍晚，他那个朋友回家后，汤姆就变得脾气很坏很容易哭鼻子了。他想得到注意时最经常的就是去找朱莉，搞得她烦不胜烦。“别老是缠着我，”她会呵斥他，“离我远点，汤姆，就一分钟。”可根本没什么效果。汤姆似乎已经下定决心他现在就该由朱莉来照顾。他哼哼唧唧地跟屁虫一样跟着朱莉，苏和我想逗逗他时他理都不理。有天傍晚，天还挺早的，汤姆特别难缠，又碰上朱莉比平时火更大，她突然在起居室里一把揪住他把他的衣服扒了下来。

“行了，”她不断说，“你已经达到目的了。”

“你这是干吗？”苏盖过汤姆的抽搭声说。

“他要是想要个母亲，”朱莉叫道，“那他就该听我指挥。他应该上床睡觉了。”当时还不到下午五点。汤姆被脱光了以后，我们听到他的尖叫声还有放洗澡水的声音。十分钟后，汤姆又回到我们面前时已经穿好了睡衣，已经完全服服帖帖，乖乖地让朱莉领他上楼去自己的卧室睡觉。她下来后拍了拍手将想象中的灰尘拍掉，笑得开心得不得了。

“他要的就是这个。”她说。

“碰巧你还最擅长这个。”我说。话听起来比我的原意还要酸一点，朱莉轻轻踢着我的脚。

“小心点，”她喃喃道，“否则就轮到你了。”

我们在地窖里忙活完之后，朱莉和我马上就补觉去了。苏因为夜里睡了一段时间，她就没再睡，白天由她照顾汤姆。我临近傍晚的时候醒过来，嗓子里像要冒烟，而且热得要死。楼下没人，不过我能听到汤姆在外面玩的声音。我弯下腰从厨房的水龙头上喝水时，有一群苍蝇嗡嗡地绕着我的脸打转。我蜷起脚心光脚走路，因为水槽周边有一层黄色的黏黏的东西，可能是泼翻了的橙汁。我还没完全醒明白，就头重脚轻地上楼去了苏的房间。她正背靠墙横坐在床上，她两膝高抬，大腿上摊着本打开的笔记本。我一进门她就把手里的铅笔放下把本子啪的一声合上了。房间里很气闷，她像是已经在里面待了好几个小时了。我在床沿上坐下，离她很近。我想跟她聊聊，可不想聊昨晚的事。我想有个人能摸摸我的头。苏把两条瘦腿紧紧并在一起，仿佛下定决心不肯先开口。“你在干吗呢?”我最后盯着她的笔记本道。

“没干吗，”她说，“就写点东西。”她双手拿着笔记本紧贴在肚子上。

“写什么呢?”

她叹了口气，“没写什么。就随便写写。”

我把笔记本从她手里抢了过来，背过身去打了开来。在她伸出胳膊挡住我的视线之前，我已经看到了其中一页顶端的一行字，“星期二，亲爱的妈妈。”

“还给我!”苏吼道。她的声音听来竟如此陌生，如此意想不到的粗暴，我只得让她从我手里把本子夺了过去。她把本子放在枕头底下坐在床沿上，目不转睛地盯着面前的墙壁。她脸涨得通红，脸上的雀斑颜色也更深了。太阳穴上的青筋都暴了起来，突突直跳。我耸了耸肩决定走人，可她头都不抬。我一走出去，她就砰地把门摔上而且锁上，我走开的时候听到她在哭。我敲了敲她的房门叫她，她哽咽地让我走开，我只得照做。我来到浴室，把手上干了的水泥洗掉。

埋葬母亲之后有一个星期我们都没吃过一顿热饭。朱莉去邮局把钱取出来买了大包小包的东西拎回家，可她买的蔬菜和肉我们谁都没碰，直到必须扔掉为止。我们吃的是面包、奶酪、花生酱、饼干和水果。汤姆狼吞虎咽地一连干掉几大块巧克力，看来就不再想要别的了。要是谁乐意沏点茶，我们就喝茶，不过大部分时候我们都直接喝厨房的自来水。朱莉买东西回来的那天，她给了苏和我每人两英镑。

“那你拿了多少?”我问她。她把钱包啪一下合了起来。

“跟你们一样，”她说，“剩下的用来买吃的用的。”

没过多久，厨房就成了个臭气熏天苍蝇云集之所。除了把厨房的门关起来之外，我们谁都没觉得该采取点什么措施。天太热了。后来有人——不是我，把肉给扔了出去。我受到鼓励，清除了一些牛奶瓶，把空的包装盒收集起来并且打死了十几只苍蝇。当天夜里，朱莉跟苏和我说我们该对厨房采取点什么措施了。我说:“我今天已经在厨房里干了好多事了，你们俩倒好像根本没注意到。”姐妹俩笑了起来。

“都干了什么?”苏问。我告诉她们后她们哈哈大笑，何至于这么可笑。

“哦，”她们俩相互说，“都几个星期了，他终于干了点分内的活儿。”于是我决定从此对厨房的事务袖手旁观，结果搞得朱莉和苏也决定不再管它了。一直到几天后我们做了顿饭的时候，才终于打扫了一下厨房。与此同时，苍蝇已经遍布了整幢房子，而且在各个窗户旁边聚成一堆一堆的，往玻璃上撞的时候竟然不断发出铿铿的声响。

我每天早上和下午都手淫一次，而且轮换着地方干，从一个房间换到另一个房间，有时候我原本打算去外面的花园的，却惊讶地发现回到了自己的卧室，仰面朝天盯着天花板看。我仔细在镜子里打量自己，我出什么问题了？我想用我眼睛里的映像吓唬自己，结果却只觉得不耐烦和微微的反感。我站在我房间的中央听着遥远、不间断的车响，然后我又开始倾听孩子们在街上玩的声音。这两种声音混合在一起而且像是朝我的头顶压下来。我再次在床上躺下，这次我闭上了眼睛。当一只苍蝇爬过我的脸时，我决定纹丝不动。我在床上实在是待腻了，可我能想到的任何活动都让我觉得没劲。为了刺激一下自己，我想起了楼底下的母亲，如今她对我而言不过就是个既成事实了。我起身走到窗前站了几分钟，望着外面被烤焦了的野草和远处的高层住宅区。然后我又在房子里转了一圈看看朱莉是不是回来了。她经常消失不见，通常是在下午而且一连好几个钟头。我问她去了哪里的时候，她告诉我管好我自己的事就成。朱莉还没回来，苏则把自己锁在房间里。要是我敲门的话她就会问我想干吗，我根本不知道该怎么回答她才好。我想起了那两镑钱。我从后门离开家翻过围墙，这样汤姆就看不到我，也就不会吵着跟我一道出去了。根本没什么特别的原因，我抬脚就朝商业区跑了起来。

我根本不知道自己想要什么。我想等我看到东西之后就知道了，哪怕不止花两镑，这么一来我至少就有了想要的东西，有了可以琢磨的对象了。我一路跑下去。主要的商业街上除了汽车之外空空荡荡。那天是星期天。放眼望去，我看到的唯一活人就是一个身穿红色外套的女人站在过街天桥上。我搞不懂她干吗大热天穿件红外套，也许她也搞不懂我干吗要一路奔过来，因为她像是一直在盯着我过来的方向。她离我还有挺远的一段距离，可她看起来却很眼熟，没准儿是我学校里的某位老师吧。我继续朝过街天桥走去，因为我不想显得很突然地转向。我一边走一边故意朝左边的橱窗里看，我可不想在大街上碰上学校的老师。我想我可以就这么从她下面过去，如果她还待在那儿，假装根本没看到她。可距离天桥五十码的时候我还是忍不住要朝上看。那个女人原来是我母亲，而且她也正在看着我。我停下脚步。她已经把重量换到了另一只脚上，可她仍然待在原地没动。我又开始朝她走去。我发现两条腿像灌了铅一样很难挪动而且我的心脏简直要从嗓子眼里跳出来了，我马上就要呕吐了。我几乎到达天桥底下时，我再次停住脚步朝上望去。我不禁长出了一口气，我呵呵地笑出了声。那当然不是母亲，那是朱莉，只不过穿了件我从没见过的外套。

“朱莉！”我朝上叫道，“我还以为你是……”我从天桥下面跑过去登上一段木头楼梯。到了她面前我才发现不是朱莉。她长了张瘦脸，发灰的黑头发蓬蓬的。我看不出她有多大年纪，她把双手深深插进口袋轻微地摇晃着。

“我身上一分钱都没有，”她说，“别靠近我。”

我走回家之后，我的空虚感又回来了，我每天的手淫也失去了意义。我径直上楼来到我的房间，虽说我没碰到任何人也没听见任何人的声音，不过我知道他们都在家。我脱掉所有的衣服躺在床上盖上被单。一段时间之后，我被尖声大笑的声音从沉睡中吵醒。我挺好奇的，可出于某种原因起先我并没有动弹，我想先听听清楚。笑声是朱莉和苏的。在每次大笑的间歇还有叹息、歌唱一般的声音，这声音又混合成为我听不清楚的话语。然后又是一阵大笑。我因为被她们吵醒很是恼怒。我的脑袋像是被什么东西给紧箍着，房间里的东西都像是变得太过稠密，紧紧地锁定在它们占有的空间而且紧张地鼓胀出来。我的衣服，在我捡起来穿上之前，简直就像是钢铁制造的。穿上衣服后，我走出房门站下来静听。我只听见一个声音在低声细语，还有就是一把椅子的吱嘎声。我蹑手蹑脚地下了楼。我急切地想暗自侦察一下我这两位姐妹，想跟她们在一起又不让她们看见。楼下巨大的门厅全黑着，我可以稍稍隐身在打开的起居室的门后不被人看见。苏我可以看得一清二楚，她正坐在桌旁拿着把大剪子在裁什么东西。朱莉被门框挡住了一部分，而且她背朝着我，所以我看不见她在干吗。她两条胳膊前后动着，发出一种微弱的搓擦声。正当我为了看得更清楚挪一下位置的时候，一个小女孩从朱莉前面走了出来然后在苏身旁站住。朱莉也转过身来站在那个女孩背后，一只手放在她的肩膀上，她另一只手里拿着把梳子。她们三人一组就这么沉默地站了一会儿。当苏稍微转动一下的时候，我看到她正在裁一件蓝色的衣服。那个小女孩向后靠在朱莉身上，朱莉则用手捧住那个小女孩的下颌并用梳子轻轻敲打她的胸部。

当然，那个女孩一张口我就明白了原来就是汤姆。他说："这要花很长时间，对吧？"苏点了点头。我又朝房间里迈了一两步而且没被人看到。汤姆和朱莉正注意地看着苏，她正在改一件她的校服裙。她已经把它给裁短了，现在正开始缝起来。汤姆穿了条橙黄色的裙子，这裙子看起来挺眼熟的，而且她们不知道从哪儿还给他找了顶假发。他的头发是金色的而且又卷又厚。摇身一变成为另一个人简直太容易了。我抱起两条胳膊。汤姆换上的不过就是一件衣服一顶假发，我想，可站在我面前的就是另一个人了，那个人完全有理由期待跟汤姆相当不同的人生。这种想法让我既兴奋又害怕。我搓了搓手，而这个动作引得三个人全都转过身来看我。

"你们在干吗？"我顿了一会儿才说。

"打扮打扮汤姆。"苏说着又继续回头做她的针线。

汤姆瞥了我一眼，朝苏正在做针线的桌子半转过身，目光盯住房间的一角不动了。他摩挲着身上裙子的褶边，用拇指和食指捻着裙子的布料。

“到底想干吗?”我说。朱莉耸了耸肩微微一笑。她穿了条褪色的牛仔裤,一直挽到膝盖以上,上身在比基尼外面罩了件衬衫,扣子都敞着。她头发上扎了条绿色的缎带,手里拿着另外一条,绕在手上玩着。

朱莉走上前来跟我面对面站着。“哦拜托,”她说,“高兴点,可怜虫。”她闻起来有一股助晒油的甜香,而且我能感受到她的皮肤散发出来的温暖。她肯定一整天都在外头的什么地方晒日光浴来着。她把手指上绕的缎带拿下来绕在我脖子上,她开始在我颏下打个结时我把她的手推开了,不过我的反抗并不坚决,于是她坚持系好了那个蝴蝶结。她拉起我的手,我也就跟着她走到桌旁。

“又来了一位,”她对苏说,“腻味了再做粗鲁男生的男孩。”我本该把那条缎带扯下来的,可我不想放开朱莉的手,她的手又干燥又凉爽。现在我们都从苏的肩膀上看着她的活计,我以前倒没意识到她缝纫竟然这么拿手。她的手前前后后地不断重复着同一个动作,就像是梭子在织机上飞动。可她的实际进度却很慢,我觉得很不耐烦。我真想一把将布料和针线什么的划拉到地板上。我们必须得等她完工了才好说些什么,或者不论进行什么。终于,她手腕猛地一拽把棉线扯断站了起来。朱莉放开了我的手站到汤姆背后。他举起两只手来，她把他身上穿的裙子脱了下来。他里面就穿着他自己的白衬衫。苏帮汤姆穿上那件蓝色的百褶裙，朱莉则在他脖子上系上苏在学校系的蝴蝶结。我一边看着一边用手抚摩着我的蓝色缎带。我要是这时候把它扯下来我就又成了个外人了，我就得决定对正在进行的事采取某种态度。汤姆穿上双白色短袜，苏又把自己的贝雷帽拿来给他戴上。姐妹俩一边打扮他一边叽叽喳喳地又笑又说。苏跟朱莉说起她学校里的一个朋友的故事，她头发剪得很短，穿着长裤上学，进入男生的更衣室看见他们都站在小便池上撒尿。眼见着这么一整排人齐刷刷排成一列小便，她忍不住哈哈大笑跑了出去。

“他多漂亮呀。”朱莉说。我们大家盯着汤姆看时，他立正站好，双手背在后面，目光低垂。即便他当真喜欢打扮成个小姑娘，他也并没表露出来。他走到外面的门厅里，在落地镜里欣赏着自己的新造型。我透过起居室的门观察着他，他侧过身来越过肩膀盯着镜子里的自己。

汤姆出去之后，朱莉把我的双手都握在她手里说：“现在我们怎么打扮这个邋遢鬼呢?”朱莉的目光上下打量着我的脸，“你脸上这么多可怕的痘痘可扮不成汤姆那么漂亮的小姑娘。”已经站到我身旁的苏拽了拽我的头发说：“还有他从来都不洗的油腻腻的长头发。”

“还有他的黄牙。”朱莉说。

“还有他的臭脚。”苏又说。朱莉把我的手翻过来手心朝下。

“还有这些肮脏的手指甲。”姐妹俩细看我的手指甲，发出夸张的厌恶之声。汤姆也从门外朝里瞧着。我站在当地，让她们这么检查来检查去倒是觉得挺享受的。

“瞧瞧这个，”苏说，我感觉她在摸我的食指，“指甲里面竟然红红绿绿的。”她们俩哈哈大笑，似乎在她们的每一样发现中都得到莫大乐趣。

“那是什么？”我说，看着房间的对面。一个狭长的硬纸盒半掩在一把椅子底下，盒盖半开着，盒角还露出白色的绵纸。

“啊！”苏叫道，“那是朱莉的。”我大踏步穿过房间把盒子从椅子底下拉出来。盒子里面用白色和橙黄色绵纸包着的是一双半高帮靴子。靴子是深棕色的，散发出浓厚的皮革和香水味儿。

朱莉正背对着我小心地将汤姆穿过的那条橙黄色的裙子慢慢叠好。我拿起一只靴子。

“你从哪儿弄的?”

“商店里。”朱莉头都没回地说。

“多少钱?”

“没多少钱。”苏这时候来了劲儿。

“朱莉!”她很响地低声说,“要三十八镑呢!”

“你花了三十八镑?”

朱莉摇了摇头,把那条橙黄色的裙子夹在腋下。我想起了脖子上围的那条可笑的缎带,就想把它拽开,谁知非但没拽开,那个蝴蝶结反被我拉成了死结。苏哈哈大笑,朱莉朝门口走去。

“是你偷的?”我问。

她又摇了摇头。

我手里仍拿着那只靴子跟着她一路上楼。我们进了她的卧室后,我说:“你给我和苏每人两镑钱,然后你却花三十八镑买了双靴子。”

朱莉此时已经在她装在墙上的一面镜子面前坐了下来,正用一把梳子梳头。

“错!”她轻快地道,仿佛我们正在玩一个猜谜游戏。我把靴子朝床上一扔,双手并用想把脖子上的缎带扯断。可那个结被我拽得越来越小,硬得像块石头了。朱莉伸长胳膊打了个呵欠。

“如果你不是买的,”我说,“那就肯定是偷的。”

她说:“错,”她嘴巴发这个音的时候故意噘起来,带着一种嘲弄的微笑。

“那到底怎么回事?”我站在她正背后。她望着镜中的自己,没看我。

“你就想不出别的途径了?”

我摇了摇头,“没有别的途径了,除非是你自己做的。”

朱莉大笑,“就从来没有人送件礼物给你吗?”

“谁给你的?”

“一个朋友。”

“什么样的朋友?”

“啊哈,你还看不出?”

“是个臭小子。”

朱莉站起来转过身看着我,把嘴唇缩得又小又紧就像个浆果。“他当然不是个姑娘。”她最后道。我有种模糊的概念，即身为朱莉的兄弟我有权过问她男朋友的事宜。可朱莉看来却压根不支持这么种观点，所以我的受挫感更甚于好奇心。她从床头桌上拿起一把指甲剪，在靠近死结的地方把我脖子上的缎带剪断了。她伸手一拽让它落到地板的时候说："去吧。"然后轻轻地在我嘴唇上一吻。

7

母亲死了三个星期后，我开始重读苏在我生日那天送我的那本书。我很惊讶地发现自己当初竟有那么多内容没注意到。我从没注意到亨特船长多么注意保持飞船的干净和整洁，特别是在穿越太空的漫长旅途中。每天，照地球上的时间算，他都沿一架不锈钢梯子爬下来视察餐室。烟蒂、塑料餐具、旧杂志、咖啡杯和泼出来的咖啡乱七八糟地在屋里悬浮着。“现在我们已经没有地球引力使事物保持在自己的位置，”亨特船长告诉第一次参加宇宙飞行的电脑技师们，“所以我们必须格外努力保持清洁。”在无须做出紧急决定的漫长时间里，亨特船长是以“阅读以及重温世界文学名著，还有就是在一本巨大的不锈钢装订的日志中写下他的思考”消磨的，“此时科斯莫，他忠实的猎犬趴在他脚底下打瞌睡”。亨特船长的宇宙飞船是以光速的百分之一速度飞越太空的，为的是寻找将孢子转化为怪兽的能量之源。我怀疑假如飞船一动不动地固定在外太空了的话，他还会不会关心餐室的状况或是世界文学名著。

书刚读完我就带着它下楼想给朱莉或苏，我希望别人也来读读它。我发现朱莉独自一人坐在起居室的一把扶手椅里，两脚缩在身子底下。她正在抽烟，我进去的时候她斜转过头来，将烟柱朝天花板喷去。我说："我还不知道你抽烟呢。"她又抽了一口，敷衍地点了下头。我拿着书走向她，"你该读读这本书。"我把书放在她手里。

朱莉盯着封面看了挺长时间，我也就站在她椅子背后一起看。那个怪兽，样子模仿一条章鱼，正在袭击一条宇宙飞船。远处亨特船长的飞船正赶来营救。我此前倒是真没仔细研究过封面，眼下它看起来实在可笑。我觉得挺惭愧的，就像我自己画的似的。朱莉把书举过肩膀还给我，她就捏着书的一个角。

"封面是不怎么样，"我说，"不过内容真有些好东西。"朱莉摇了摇头，喷出更多的烟，这次是直接朝房间对面喷。

"不是我看的那类书。"她说。我把书反扣在桌子上，绕到朱莉的椅子前面。

“这话什么意思?”我说,“你怎么知道这是哪类书?”

朱莉耸了耸肩,“管它呢,反正我不太想看什么书。”

“你只要看了开头就放不下了。”我再次把书捡起来盯着它看,我也不清楚自己干吗这么急切地想让别人读这本书。突然,朱莉一弯腰把书从我手里拿了过去。

“好吧,”她说,“如果你真这么希望我读,那我就读读吧。”她说话的口气就像是面对一个马上就要哭鼻子的小孩。我火了。我说,“别只为了让我高兴去读。”并想把书从她手里拿回来。她把手一伸,故意让我够不到。

“不行,”她笑眯眯地说,“当然不行了。”我抓住她的手腕把它拧到后面。朱莉将那本书换到另一只手上,然后让它滑到背后,“你弄痛我了。”

“还给我,”我说,“这又不是你看的那类书。”我把她往一侧拽,这样书就露出来了。她由着我这么做,没再继续挣扎,我拿着书到了房间的另一侧。朱莉目不转睛地盯着我,一边揉着手腕。

“你到底什么毛病?”她几乎耳语地道,“你真该被锁起来。”

我们面对面坐在房间的两侧,很长时间谁都没言语。朱莉又点了根烟，我则翻看了书中的几个章节，我的眼睛在印刷的字行间移动却视而不见。我希望能在离开房间前对朱莉说几句抚慰性的话，可我想不出一句听着不觉得傻的话。而且，我还告诉自己，她这是自找的。昨天我因为用手指甲弹汤姆的脑袋把他给弄哭了，他于是就在我卧室门外头大哭大闹把我给吵醒了。他躺在地板上抓着脑袋鬼哭狼嚎，惹得苏都从自己房间里跑了出来。

“是他自己的错，”我说，“一大早就开始鬼哭狼嚎。”苏摸着汤姆的头。

“一大早！”她的嗓音盖过了汤姆的哭嚎，“已经快一点了。”

“对我来说仍然是一大早！”我吼了一声，然后又回到床上。

对我而言起床根本就没什么意义。吃没有任何特别的趣味，而且我还是唯一没有任何事情可做的。汤姆整天都在外头玩，苏泡在自己的房间里看书写日记，而朱莉则跟那个送她靴子的家伙外出。她不出去的时候就在为出去做准备，她长时间泡在浴缸里，整个家都充满了一种甜香，比厨房散发出来的气味还浓。她花很长时间洗头梳头还有就是描眉画眼的。她穿上我之前从没见过的衣服,一件丝绸的罩衫和一条棕色天鹅绒裙子。我早上醒得很晚,手淫之后就再睡过去。我做的梦虽算不上真正的噩梦,不过也是那种我挣扎着想醒过来的坏梦。我拿那两镑钱买了鱼薯条,完了我再向朱莉要钱时,她话都没说就递了张五镑的钞票给我。白天我听收音机。我想着夏末返校,也琢磨着找份工打,可对这两样我都没什么兴致。午后我有时候就在扶手椅里睡着了,虽说我起床才不过几个钟头。我照着镜子发现痘痘已经从脸上蔓延到了脖子两侧,我怀疑它们不久就会遍布全身,不过即便如此我也懒得操太多的心。

朱莉最终清了清喉咙道:"怎么说?"我目光越过她看着厨房的门。

"我们把厨房清理一下吧。"我突然道,这正是该说的话。朱莉马上站起身来,模仿着电影里的黑帮,香烟屁股叼在嘴角。

"你终于开口了,老弟,终于开口了。"她朝我伸出手来把我从椅子里拽起来。

"我去叫苏。"我说,可朱莉摇了摇头。她假装屁股后面塞着一把斯特恩式轻机枪,一个箭步冲进厨房打它个落花流水，所有已经长了毛的盘子、苍蝇和绿头蝇、已经瘫倒四处蔓延的那一大堆垃圾。朱莉一气猛射，喉咙后部像汤姆玩打仗游戏时一样发出突突突突的声音。我站在一旁琢磨着自己是不是也该加入这场游戏。朱莉猛一转身朝我的腹部一阵猛射，我倒在她脚边的地上，一张黄油的包装纸离我的鼻子尖只有几英寸远。朱莉一把薅住我的头发把我的脸转过去，她手里的枪此时变成了一把匕首，抵在我的咽喉上说，"动一下我就从这儿捅进去。"然后她跪下来用拳头抵在我的裆部附近。"或者捅这儿。"她颇富戏剧性地耳语道，我们俩都哈哈大笑。朱莉的游戏结束得非常突然，然后我们就开始清扫垃圾杂物，将它们装在纸板箱里，最后倒到外面的垃圾筒里。苏听到我们的动静也下来帮忙。我们疏通了下水道、清洗了墙壁并擦干净了地板。苏和我洗盘子的工夫，朱莉出去买吃的。她回来的时候我们刚好干完，然后我们就开始切菜准备做一大锅炖菜。菜炖上之后朱莉和苏就开始清理起居室，我则跑出去擦窗户。我隔着一层水雾看到姐妹俩把所有的家具都集中到房间的中央，几个星期以来我第一次高兴了起来。我觉得很安全，仿佛我属于一支强大、秘密的部队。我们干了足足有四个多小时，工作一件接着一件，我都几乎意识不到自己的存在了。

我拿了几块垫子和一块小地毯到花园里用一根棍子扑打尘土。我一门心思扑在这上头，这时听到后面有声音就掉头一看。是汤姆和他一个住在高层住宅区的朋友。汤姆穿着苏的校服，膝盖上血淋淋的，想必是摔了一跤。如今汤姆经常穿着苏的裙子在街上玩。别的孩子都没像我设想的那样取笑他，他们似乎压根就没注意到，对此我简直不能理解。我要是在汤姆的年龄——或不论什么年龄穿了姐姐的裙子，早就玩完了。他牵着朋友的手站在当地，我则继续干我的活儿。汤姆朋友的脖子上围了条围巾，样式跟我的很像。他们简短地谈了两句，我因为正在砰砰地敲打没听到他们说什么。然后汤姆大声说："你这是在干吗？"我告诉了他并说："你干吗穿了条裙子？"汤姆没搭话。我又拍打了几下地毯然后再次停下来对汤姆的朋友说："汤姆干吗穿条裙子？"

"在我们的游戏里，"他说，"汤姆就是朱莉。"

我说："那你是谁？"

那个孩子没回答。我提起棍子就要继续拍打的时候汤姆说："他就是你。"

"你是说我？"他们俩都点了点头。我把棍子一扔，把垫子从晾衣绳上拽下来。我说:“你们在游戏里都干吗了?”

汤姆的朋友耸了耸肩,“也没干吗。”

“你们打架吗?”我试图把汤姆也拽进来,可他正看着别的方向。那个孩子摇了摇头。我把垫子和地毯一块摞一块地放好。“你们在游戏里是朋友吗? 你们手拉手吗?”他们把牵在一起的手撒开,大笑起来。

汤姆跟我进了屋,可他的朋友仍留在厨房门外头。他对汤姆叫道:“我回家去了,”可是语调像是个问句。汤姆头也没回地点了点头。起居室的桌子上摆了四个盘子,每个盘子旁边还有一副刀叉。桌子中央是一瓶番茄酱和一个装满盐的蛋杯,每个盘子后面都有一把椅子。我觉得这么一来我们可真是人模狗样了。汤姆上楼去见朱莉和苏,我则在厨房和起居室之间来来回回地走动,就像是亨特船长在视察餐室。我有两次弯下腰从地毯上捡起几个小毛球。固定在地窖门上的一个钩子上挂了个用鲜亮颜色的绳线编织的购物袋,袋子里有两个苹果和两个橙子。我用手指把袋子一拨,让它像钟摆一样来回晃悠。它往一边摆的幅度比另一边大,我观察了有一会儿才发现这是因为购物袋的把手形状导致的。我想都没想一把将地窖的门拉开,开了灯之后就下了楼梯。

那把铁锨躺在一个干了的水泥的巨大的圆形污迹中间，使我想起一个巨大的破钟的时针。我努力回想我们当中是谁最后用过它，可如今我脑子里已经不记得事件发生的先后顺序了。我把铁锨捡起来靠在墙上。那个大铁柜子的盖敞开着，还是当初我们离开时的样子，这个我还记得。我伸手抚过装满了柜子的水泥，它呈现出极浅的灰色而且摸起来有点暖。我手上沾上了些极细的灰。我注意到有一条头发丝一样细的裂纹斜穿过水泥表面，而且有一段还分了岔。我跪下来把鼻子凑上去闻了闻。有一股很独特的香味，不过等我站起来后才意识到我闻到的是楼上的炖菜香。我坐在柜子旁的一个凳子上想着我母亲，我非常努力地想在头脑里形成一幅她的图像。我已经有了张椭圆形的脸部轮廓，不过轮廓里的五官却总是固定不下来，要么它们就模糊到一起，而且那个椭圆也变成了一个明亮的电灯泡。当我闭上眼睛时当真看到了一个电灯泡，我母亲的脸一度短暂出现了，脸形椭圆，不自然地微笑着，她等着拍照时就是这副表情。我想编几个句子让她说，可我想不出她可能会说的话。最简单的比如“把那本书递给我”或是“晚安”都不像是她会说的话。她的语调是低还是高来着？她开过玩笑吗？她死了还不到一个月而且她就在我身边的这个柜子里，就连这一点我都不能肯定。我真想把她挖出来亲眼看看。

我用手指甲沿那条极细的裂纹划过去，现在在我看来当初我们为什么要把她埋在这个柜子里一点都不清楚了。当时似乎是一目了然的，是为了使这个家庭不致离散。这理由够好吗？分开也许更有趣呢。我也想不清楚我们的行为到底是稀松平常、即便是个错误也可以理解，还是惊世骇俗、一旦被发现就会成为全国每家报纸的头条。再或者这二者都不是，而是件你在当地的报屁股上可能读到却再也不会想起的事。就像我对她的脸的印象，我的所有记忆都最终化为乌有。

这种不可能对任何事或任何感情确定无疑的感觉使我极想手淫。我把两手塞进裤子，当我朝下看我两腿之间时，我看到了一抹红色的东西，我吃惊地一跃而起。我坐的凳子是亮红色的，那是好久之前我父亲漆的，本来放在楼下浴室里，肯定是朱莉或者苏拿下来为了坐在柜子旁边的。这个想法非但没让我觉得安慰，反而吓得我够呛。我们相互间几乎从来不提及母亲，她是我们所有人的秘密。就连汤姆都很少提到她，只是偶尔哭的时候叫着找她。我环顾地窖的四周看还有没有别的痕迹，结果再没发现什么。我决定离开，等我开始上楼梯时我见苏正站在顶上看着我。

“我想就是你在这儿。”我走到她身边时她说。她手里拿着个盘子。

我说：“上面有条裂缝，你注意到了吗？”

“越来越大了，”她飞快地说，“不过猜猜发生了什么事？”我耸了耸肩。她给我看她手里的盘子，“有人过来喝下午茶了。”我匆忙从她身边挤过去进入厨房，可根本没人。苏把地窖的灯关掉然后锁了门。

“谁啊？”我现在看得出来苏非常激动。

“德里克，”她说，“朱莉的男朋友。”在起居室里我看着她在安排额外的座位。她把我领到楼梯脚，指着楼上低声说：“你听。”我先听到朱莉的声音，然后是一个男人回答的声音。突然两个声音一起响起而且都大笑起来。

“那又怎样？”我对苏说，“多大的事。”我的心跳得飞快。我横躺在一把扶手椅里开始吹口哨。苏过来也坐了下来，擦了擦额头上根本就不存在的汗。“还好我们刚刚打扫干净，对吧？”我继续吹我的口哨，乱吹一气，有些惊慌，渐渐地才终于成了个调子。

汤姆从楼梯上下来，胳膊上抱着样东西，乍看像是只大猫——那是他的假发，他走到苏面前让她给他戴上。她指着他的双膝和两只手，不让他近身。她一定要他洗干净了才肯给他戴。汤姆去了浴室之后我说："他什么样？"

"他有辆车，新车，你看，"她指向窗外，可我并没回头。汤姆回来之后苏问他："你要是想扮个女孩喝下午茶，干吗不穿那条橙黄色的裙子？"他摇了摇头，苏于是帮他戴上假发。他跑到门厅去照镜子，然后就坐在我对面开始挖鼻孔。苏在看一本书，我重新开始吹口哨，这次吹得更轻柔些。汤姆用食指尖从鼻孔里挖出点东西来，看了看然后就顺手抹在椅垫上。我有时候也这么干，不过只在没人的时候，通常是早上躺在床上的时候。这事由一个小姑娘来干看起来还不算太糟，我想，然后就走到窗前。那是辆运动款汽车，是那种老式的有脚踏板和皮质车篷的汽车，车篷这时候折了起来。车子漆成亮红色，一条黑色细线贯穿车身。

"你该出去仔细看看，"苏说，"多漂亮。"

"看什么？"我说。车轮的轮辐是银色的，排气管也是。沿引擎罩的一圈都是又长又斜的金属切线。"为了把空气放进来，"我听见自己对一个过路人道，开着它转过阿尔卑斯山里一个急转弯,“或者把热气排出来。”等我回到座位上的时候,苏已经消失不见了。

我盯着汤姆。在那把巨大的扶手椅里他显得非常小,因为他的脚才刚能伸出椅子边,脑袋才到椅背的一半。他也朝我看了一会儿,然后就把目光转开抱起了胳膊。他两条腿从他穿的裙子底下大八字形伸出来。我说:“做个女孩什么感觉?”汤姆摇了摇头,挪动了一下坐的位置。“比当男孩好吗?”

“不知道。”

“让你觉得性感吗?”汤姆突然大笑。他根本就不懂我什么意思,不过他知道这个词就是个发笑的信号。“那到底觉不觉得呢?”

他咧嘴朝我笑着,“我不知道。”我俯身下去并朝他勾勾手指头让他靠近些。

“你戴上假发穿好裙子,然后走到镜子前看到一个小姑娘时,你的小弟弟有什么感觉吗,有没有兴奋得变大一些?”汤姆的笑容消失不见了,他从扶手椅上爬下来溜出了房间。我保持原样一动都没动,觉到了炖菜香。天花板咯吱作响。我调整了一下在椅子里的坐姿。我两腿在脚踝处交叉起来,两手紧扣搁在下巴底下。楼梯上响起了轻快的脚步声，汤姆又跑了回来。“他们来了！他们来了！”他大声说。我说：“谁来了？”把手移到了脑后。

朱莉说：“这是德里克，这是杰克。”我没站起来，跟他握了握手，不过两条腿不再交叉着而是坚实地撑在地上。我们俩握手时谁都没说话，完了之后德里克清了清喉咙看着朱莉。她站在汤姆背后把手放在他肩膀上。她说：“这就是汤姆。”用的是一种很明显她已经跟德里克讲起过他的语气。德里克走到我椅子后面我看不到他的位置平静地说：“啊，一个假姑娘。”苏半心半意地笑了一声，我站了起来。朱莉去厨房端那锅炖菜，并叫上汤姆前去帮忙。我们仨就这么在房子中央站着，我们靠得挺近的，像是一起在轻轻摆动。苏故意使自己的声音上气不接下气而且很蠢，“我们真喜欢你的车。”

德里克点点头。他个头很高，穿着打扮看起来就像是参加婚礼——浅灰色西装、奶油色衬衫和领带、袖扣和一件带着条小银链子的背心。

“我不太喜欢。”他转向我很浅地一笑。他的小胡子又浓又黑，看起来完美得就像是塑料做的。

“哦?”他礼貌地说,“为什么?”

“太亮了。”我说。德里克低眼瞥了下自己的鞋子,而我继续道:“我是说颜色,我不喜欢红色。”

“太糟了,”他说话的时候看着苏而不是我,“你喜欢红色吗?”苏越过德里克的肩膀望着厨房,“我? 哦,我喜欢红色,特别是红色的车。”他又把目光转向我,我重复道:“我不喜欢把车漆成红色,搞得它们就像是玩具。”德里克从我们俩身边后退了一步,他两只手都深深插在口袋里,颠着脚跟朝后面晃荡。他话说得非常平静,“等你再大一点你就会意识到它们本来就是这么回事,本来就是玩具,昂贵的玩具。”

“它们为什么是玩具?”我说,“它们是非常有用的交通工具。”他点了点头环顾了一下房间。

“每个房间都挺大的,”他对苏说,“真是座大房子。”苏说:“我的房间就挺小的。”我抱起胳膊还不肯就此罢休。

“如果车子是玩具,那么你买的所有的一切也都不过是玩具了。”正在这时,朱莉端着炖菜进来了,屁股后面跟着的汤姆拿着一条面包和一个胡椒瓶。

“这个我得好好想想了,杰克。”德里克说着转身将一把椅子从朱莉的来路上挪开。

我们就座前我注意到朱莉穿上了那双新靴子，还有那件天鹅绒的裙子和丝质罩衫。她和德里克挨在一起坐了下来。我挨着汤姆坐在一个角落里。起先我因为太气了都没觉得饿，朱莉递给我一盘食物时我告诉她我不想吃。她说："别傻了，"把盘子放在我的刀叉前，朝德里克微微一笑。他点点头，表示一切都能理解。我们吃起来之后，谈话都让朱莉和苏给包了。德里克坐得笔直，他在膝上摊开一块红蓝相间的手帕，吃完之后他就用它轻拍他的小胡子，然后他把手帕仔细地叠好再放回口袋。我想看到他们俩相互接触。朱莉把手放在他的肘弯上，要求把盐递给她。我抢在德里克之前抓到那个蛋杯，我把它拿给姐姐时盐撒了一路。

"小心。"德里克轻柔地说。姐妹俩开始神经质地谈论把盐撒到你肩膀上以及在梯子底下经过。一度我看到德里克对汤姆使眼色，汤姆低下头之后他的鬈发把脸都遮住了。完了之后，朱莉就带德里克出去去了花园，苏和我负责洗盘子。我就站在旁边手拿着块擦碗巾，我们通过厨房的窗户往外看。朱莉正在指点那些小径和阶梯，如今已经淹没在干褐色的乱草丛里几乎看不见了。德里克指着那边的高层住宅区然后用他的胳膊大面积一扫，像是在命令它们轰然倒下。朱莉则严肃地点着头。苏说:“他的肩膀可真够宽的,对吧? 他那身西装一定是定做的。”我们就盯着德里克的后背看。他的头又小又圆,头发全都一般长短,就像把刷子。

“他还没那么壮,”我说,“而且他挺笨的。”

苏把湿盘子从水槽里捞出来,找个放它们的地方。

“他一个小手指头就能打得你满地找牙。”她说。

“哈!”我叫道,“让他试试。”

一会儿之后,朱莉和她的男朋友挨着假山坐了下来。苏从我手里把洗碗巾拿过去开始把盘子擦干。她说:“我打赌你猜不出他是干吗的。”而我回答:“我才不管丫是干吗的呢。”

“打死你都猜不到,他是个斯诺克球手。”

“那又怎么样?”

“他打斯诺克赚钱,他可有钱了。”我又看了一眼德里克,琢磨着这些新情况。他正侧面对着我坐在那儿听朱莉说话。他手里拿着根很长的草茎,从上面咬下一小块一小块的然后再吐出来。自始至终他都对朱莉的话点头表示同意,等到他终于开口说话了,他把一只手轻轻搭在她肩膀上。他说的话把朱莉逗笑了。

"报上还登了他的消息呢。"苏说。

"什么报?"苏报了一家本地周报的名字,我哈哈大笑。

"谁都能上那份报,"我说,"只要他活得够长。"

"我打赌你不知道他多大岁数。"我没搭茬。

"二十三。"苏高声道,朝我微微一笑。我真想揍她。

"这有什么了不起的吗?"

苏把手擦干,"这是做男朋友的绝佳年龄。"

我说:"你说什么呢? 谁告诉你的?"

苏犹豫了一会儿,"朱莉说的。"

我喘了口粗气跑出了厨房。

我在起居室里停了一下找亨特船长,他已经被归置到一个书架上了。我拿着书跑上楼进入卧室,砰地把门关上,在床上躺下来。

8

我的坏梦越来越经常地成为噩梦。门厅里有个巨大的木头箱子，我肯定已经有十几次从它身边走过却想都没想过，现在我停下来看到了它。原本紧紧地钉在箱子上的盖子已经在旁边耷拉着，有些钉子被拽了起来，钉子周围的木头碎裂开来而且显得很白。我在看不到里面的情况下凑得尽可能离箱子近一些。我知道我是在梦里，不要恐慌是至关重要的。箱子里有东西。我设法把眼睛睁开一条缝，看了一眼床脚处之后又沉重地闭上了。我又站在门厅里了，离箱子又近了一点而且傻乎乎地朝里看。我再次努力想把眼睛睁开，这次倒是很容易就大睁了两眼。我看到床脚还有我的几件衣服，我床边一把巨大的扶手椅里坐着我母亲，她正用巨大、空洞的眼睛盯着我。那是因为她死了，我想。她身量很小，脚都几乎碰不到地面。她开口说话时声音是如此熟悉，我都无法相信我怎么这么轻易就把它给忘了。可我不能理解她到底在说什么，她用了个奇怪的词，“抽动”或是“抽搐”之类的。

“你就不能别再继续抽动了？”她说，“我正跟你说话呢。”

“我什么也没干呀。”我说，可我向下一瞥时发现床上没有衣服而我正光着身子在她面前手淫。我的手前前后后搓动不已，就像个梭子在织机上忙活。我告诉她：“我停不下来，这跟我没关系。”

“你父亲要是活着，”她难过地说，“他会怎么说？”我醒过来后大声说：“可你们俩都死了。”

有天下午，我把这个梦告诉了苏。她打开自己房间的门锁放我进去时，我注意到她那个笔记本就摊开来拿在一只手里，她听我说我的梦时把本子合上塞到了枕头底下。让我吃惊的是我的梦竟让她咯咯笑了起来。

“男孩子总是在干那个？”她说。

“干什么？”

“你知道的，抽动呀。”

我没答她的话，却说：“你还记得我们以前玩过的那个游戏吗？”

“什么游戏?”

“就是朱莉和我是医生,我们俩检查你,你是从另一个行星来的。”我妹妹点了点头,抱起了胳膊。我顿了顿,我不知道下面该说什么好。

“那又怎么样呢?”我来找苏是为了谈我做的梦和母亲的,可我们已经在谈不相干的事了。

“你不希望,”我讲得很慢,“我们现在还玩那个游戏吗?”苏摇了摇头转开了目光。

“我都快把它给忘光了。”

“朱莉和我当时把你所有的衣服都脱光。”我说这话的时候听起来简直不像是真的。苏又摇了摇头,很不令人相信地说:“是吗?我真是记不清了,当时我还小呢。”然后,沉默了一会儿,她又热心地说:“我们以前总是玩些愚蠢的游戏。”

我在苏的床上坐下来。她卧室的地板上满是书,有些还是打开的,反扣在地板上。有很多是从图书馆借的,我正待捡起一本来看看时突然觉得烦透了所有的书本。我说:“你整天坐在这儿看书也不觉得烦吗?”

“我喜欢看书,”苏说,“而且也没什么别的可做。”我说:“可做的事情多着呢,”只是听见苏又说了一遍没什么可做。

不过她把她那薄薄的苍白的嘴唇抿到嘴里，就是女人在嘴唇上涂完口红之后的动作，说："我不喜欢干别的。"完了后我们俩就沉默地坐了挺长时间。苏吹起了口哨，我感觉她是在等着我离开。我们听见楼下后门打开以及朱莉和她男朋友的声音。我希望苏也像我一样不喜欢德里克，这样我们就有无数可以交谈的话题了。她抬起淡淡的眉毛说："是他们俩。"我说："那又怎么了？"觉得所有认识我的人都离我而去。

苏重新开始吹她的口哨，我拿起一本杂志来翻着，不过我们俩都在仔细听着。他们没有上楼来，我听见流水的声音和茶杯叮当响。我对苏说："你还在那个本子里写东西，对吧？"她说："写一点。"然后就望着枕头像是准备随时阻止我去抢它。我等了一会儿，然后用非常悲伤的语气说："我希望你能让我看看写母亲的那些部分，仅此而已。你要是愿意的话，可以读给我听。"楼下收音机开到了最大的音量，"如果你……打算驾车去西部，带上我……那就是公路那就是最好的……"这首歌搞得我很烦，不过我继续悲伤地看着我老妹。

"你根本就不会懂的。"

"为什么这么说？"

苏讲得飞快，"你从来就没懂过她一分一毫。你是她的一块心病。”

“胡说八道，”我高声道，停了一会儿我又重复道，“胡说八道。”苏坐在床沿上，背挺得笔直，一只手搁在枕头上。她说话时悲哀地望着前方。

“她要你做的事你从来都不理会，你从来就没做过一样帮她的事。你一直都太自我中心了，就像你现在这样。”

我说，“如果我不关心她的话我就不会梦到她了。”

“你梦到的不是她，”苏说，“你梦到的是你自己。你想看我的日记也是这个原因，你想看看有没有写到你。”

“你是不是跑到地窖里，”我一边笑一边道，“坐在那个小凳子上在你那个小黑本子里记下我们所有人的所作所为？”

我强迫自己继续笑下去。我觉得心烦意乱，我需要制造出大量的噪音。我笑的时候把双手撑在膝盖上，可我几乎感觉不到自己的膝盖。苏望着我的方式仿佛不是在看而是在回忆我。她从她枕头底下把那个日记本拿出来，打开翻找其中的一页。我止住笑等着她。“八月九日……你死了已经有十九天了，今天谁都没提起你。”她顿了顿，目光往下移了几行，“杰克的情绪坏透了，他因为汤姆在楼梯上乱嚷嚷把他给弄伤了。汤姆的头上给抓了一道大口子，流了好多血。午饭我们就把两罐头汤搅和在一起应付了过去。杰克谁都不搭理。朱莉谈起她一个叫德里克的男朋友，她说她想哪天把他带到家里来问我们介不介意。我说不介意，杰克假装没听见上楼去了。”她又找到一页继续读下去，这次带上了更多的表情，“自从你死后他就从来没换过衣服。他不洗手，他什么都不洗，浑身难闻死了。他的手碰过面包后我们就不想再碰了。你跟他什么话都不能说，谁知道他会不会打你。他总是准备打人，不过朱莉知道怎么来对付他……”苏顿了顿，像是还要继续念下去可又改了主意，把日记啪地一合。“就这些。”她说。这之后我们唇焦口燥地争了有好几分钟朱莉在午饭时间到底说了什么。

“她没提要带什么人回家。”我说。

“她提过！”

“她没提。”苏在地板上的一本书面前蹲下来细看，我离开的时候她假装没注意。

楼下的收音机比刚才听到的音量更大了，一个男人在疯狂地喊叫一场比赛的情况。我发现汤姆正坐在楼梯顶上，他穿了件蓝白相间的连衣裙，背后打了个蝴蝶结，可并没有戴假发。我挨着他坐下时闻到一种淡淡的令人不愉快的气味。

汤姆正在哭鼻子。他把指关节压在眼睛上，就像饼干筒盖子上的小姑娘的样子。一个鼻孔外头挂了条巨大的绿鼻涕，他抽鼻子的时候又不见了。我盯着它看了一会儿。除了收音机的声音之外，我想我还听到了别的什么声音，不过我不敢肯定。我问汤姆他干吗哭鼻子时，他哭得更响了，然后他情绪恢复了一下抽搭搭地说："朱莉打了，还吼我。"然后又哭了起来。

我撇下他下了楼。收音机开得那么响是因为朱莉和德里克在争执。我在门口停住脚想听听他们在说什么。德里克像是在恳求朱莉什么，他的语调都带了哭腔。他们俩同时在说，几乎是在吼，我一进门他们俩都马上住了口。德里克倚着桌子站着，两手抄在口袋里，两脚在脚踝处交叉。他穿了身墨绿色的西装，戴了条从一个金扣环绕过的领巾。朱莉在窗边站着。我从他们俩中间穿过把收音机给关了，然后我转过身来等着看他们俩谁先开口。我纳闷他们俩干吗不到外面的花园里对着吼。朱莉说："你想干吗？"她没像德里克那么衣冠齐楚，踩了双塑料拖鞋，穿了条仔裤，衬衫在乳房底下打了个结。"下来看看是谁在大呼小叫，还有，"我说，瞥了德里克一眼，"是谁打了汤姆。"朱莉慢慢地点着脚尖，意思是她希望我快点离开。

我慢慢穿过他们俩朝回走，前脚的脚跟落在后脚脚尖前，就像是在没有标尺的情况下用脚来丈量长短。德里克非常轻柔地清了清喉咙，把表链拽出来看了看表。我看着他把表壳打开、关上又放回去。自从一个多礼拜前他第一次拜访我们以来，我这是头一次见他，不过在此期间他已经好几次开车过来叫朱莉出去了。我听到过外面汽车的引擎声还有朱莉跑下前门小径的声音，可我从没像苏和汤姆那样攀着窗户往外看。朱莉在外面整夜不归也有两三次了。她从不告诉我她去了哪儿，可她告诉苏。夜不归宿之后的次日早晨，她们俩就会在厨房里一坐几个钟头，聊着天喝茶。没准儿苏已经全部记在她的日记里了而朱莉并不知道。

突然德里克对我微微一笑说："近来怎么样，杰克?"朱莉大声叹了口气。

"别。"她对他说，我则冷冷地说："还好。"

"这些天你都干吗了?"

我回答的时候看着朱莉，"没什么。"我看得出来我跟她的德里克讲话她很气。我说："你呢?"德里克开口前沉吟了一会儿，又叹了口气，"训练。有几场比赛。都是小打小闹，你知道……”我点了点头。德里克跟朱莉相互盯着对方，我的目光从一个转到另一个，竭力想说点别的。德里克仍看着朱莉说：“你玩过斯诺克吗?”要是她不在场，我就会说玩过了。我曾看人家玩过一场，我也知道规则。我说：“没怎么玩过。”德里克又把表拉出来看了看。

“你该过来玩一场。”朱莉把抱在胸前的胳膊放开，很快地走出了房间。走的时候她轻声叹了口气。德里克看着她走了之后说：“我是说，你现在忙吗?”我努力想了想说：“我根本就没有你所谓的忙。”德里克把身体站直，用手从上到下拂了拂衣服，他的手非常小非常白。他走到门厅照着镜子正了正领巾，他越过肩膀叫道：“你应该出去晒晒太阳。”我们走后门出去，在经过厨房的时候，我注意到地窖的门大开着。我犹豫了一下，我想上楼问问朱莉这是怎么回事。可德里克用脚把门关上说：“来吧，我已经晚了。”我们就匆忙走出去，沿前院的小路走向他那辆低矮的红色汽车。

我很吃惊德里克车开得那么慢。他在座位上坐得笔直，与方向盘隔开一臂的距离，拇指与别的手指分开握着，仿佛这种接触让他感到厌恶。他没跟我说话。仪表板上有两排黑色的刻度盘，每个盘里都有根颤动的白色指针。一路上的大部分时间我都盯着这些刻度盘看，除了钟面上的指针之外别的都没怎么真正动过位置。我们开了有一刻钟时间。我们从一条主道下来拐上一条窄街，两旁都是大型的蔬菜批发店。有些地方的排水沟里堆满腐烂的蔬菜。一个身穿皱巴巴西装的人站在人行道上茫然地盯着我们看，他一头油腻腻的头发，一份折叠起来的报纸从衣兜里戳了出来。德里克在他身边停下车子爬出车门，让引擎照样转着。那个人身后是条小巷，我们经过他走进小巷的时候，德里克对他说："把车停好然后进去见我。"小巷的尽头是一道双开式的绿色弹簧门，绿漆上刻出几个字："奥斯瓦尔德厅"。德里克先进去，用一根手指顶着门让我进去，头也没回。距我们最远处的几张球台上有人在打球，不过近处的所有球台都空着，灯也没开。球房正中有一个球台灯火辉煌，看起来比另外有人打的那两个球台要更亮些，色彩鲜明的小球也都在桌上放好了。有个背对我们的人正斜靠在那张球台上抽烟。我们后面的墙上开了个明亮的四方窗洞，一个穿件白夹克的老人正透过窗洞看着我们。他前面有个窄窄的架子，上面放着带蓝边的茶杯和茶碟，还有个塑料碗，里面放了个小圆面包。德里克弯下腰跟那人说了几句话，我离开他朝一个球台走近几步，我读着球台中心球袋正后方钉的一块铜牌上写的制作人的姓名和居住地。

德里克对我用舌头发出嘚嘚的声音。他两只手各端了杯茶，脑袋一晃示意我跟着他。他伸脚推开同一面墙上的一道门，我这才注意到门边还有扇缺了块玻璃的窗户。一个戴着厚眼镜的女人坐在一张桌子后头，正往一个账本上写着什么。小房间另一边的扶手椅上坐了个手拿一包香烟的男人，烟雾弥漫之下也看不清楚，桌边就亮着一盏暗淡的台灯。德里克把两个茶杯往灯前一放，做出朝那个男人下巴一拳的动作。那两个人都对德里克大呼小叫起来，他们管他叫“儿子”，不过他向我介绍时管他们叫“奥斯瓦尔德先生和太太，简称奥先生和太太”。

“这是朱莉的兄弟。”德里克说，不过并没把我的名字告诉他们。

房间里没地方可坐。德里克从奥先生的烟盒里拿了根烟。奥太太两腿一踢，发出一种呜呜咽咽的声响而且把嘴巴噘得像只鸟巢里的雏鸟。德里克又拿了根烟塞到她嘴里，她跟奥先生都笑了。奥先生朝那些球台做了个手势。

“格里格在外头等了都快一个钟头了，儿子。”德里克点了点头。他正坐在桌边上，我则站在门边。奥太太伸出一根手指在德里克眼前晃着。

“谁是那个淘气的男孩?”他朝后稍微闪了闪她，伸手端起他的茶。他并没把我那杯递给我。奥太太小心地说:“你昨天可没来呢，儿子。”

奥先生朝我眨眨眼说:“他有别的鱼要炸了。”德里克喝着他的茶没作声。奥先生继续道:“可这儿有一大群人等着你出场呢。”

德里克点了点头，“是吗? 很好。”

奥太太对我说:“他从十二岁开始就泡在这儿，我们从来没收过他一次球钱。我没说错吧，儿子?”

德里克把自己的茶喝完站起身来。他对奥先生说:“请把球杆给我。”奥先生站起来，套上拖鞋。他身后靠墙摆了一架子的球杆，球杆的一头用一个很长的一头渐细的皮套子锁住。奥先生在一块黄布上擦了擦手，打开皮套子，把球杆拉了出来。球杆呈深棕色，几乎是黑的。把球杆递给德里克之前他对我说:“他只许我一个人碰他的球杆。”

奥太太道:“还有我，”不过奥先生对我微微一笑，摇了摇头。

那个替德里克停车的人正等在办公室外头。

“这是查斯，”德里克说，“这是朱莉的兄弟。”查斯和我都没看对方。德里克拿着球杆慢慢朝中心球台走去时，查斯就踮着脚尖跟在他屁股后头，飞快地对他耳语。我走在他们俩后面，我想走了。查斯正在嘀咕一件有关一匹马的什么事，可德里克并没回答，甚至都没回头看他一眼。德里克一走近球台，格里格就弯腰准备开球。他穿了件棕色皮夹克，一只袖子上有条很大的裂口，头发在后面系了个马尾。我希望他赢。白球滑过整个球台，碰到一个红球，然后又回到它的起点。德里克把夹克脱下来递给查斯让他拿着。他用银色的带子缠好胳膊，使袖口不要碍着手腕。查斯把德里克的夹克里外翻个个儿，折一下夹在胳膊底下，然后就打开他的报纸看起了体育版。德里克蹲下来像是根本没瞄一样击中了白球。当那个被碰到的红球被打入球袋后，另外两桌正在玩的球手也都抬起头来朝我们这边看。德里克大步走向球台另一边时，脚跟擦出一声尖锐的响声。那个白球已经把所有的红球都打散了，现在跟黑球处于一条直线。德里克再次击球前抬眼瞥了我一下，看我是否在看，我则把目光转开了。

接下来的几分钟内他将那些红球和那个黑球打进了球

袋。在每次击球之间，他迅速地从球台的一边跨到另一边，并用平静的声音跟我说话，不过并不看我的方向，仿佛是在自言自语。

“你们家真够有趣的。”他把第一个黑球打进去后说。格里格和其他球手就这么看着、听着我们的谈话。

我说：“我不知道。”

“父母双亡，”德里克对查斯说，“他们四个就这么相互照顾。”

“像是孤儿。”查斯说，目光仍没离开报纸。

“房子够大的。”德里克擦过我身边再次去打白球时说。

“是挺大的。”我说。

“肯定值不少钱。”一个红球慢慢地滚入球袋，这样他不必变换位置就能瞄准黑球了。“那么多房间，”他说，“你们可以把它们变成好几个单元。”

我说：“我们没想过。”德里克看着格里格把那个黑球从袋子里拣出来把它安在它的位置上。

“还有那个地窖，有这种地窖的房子可真不算多……”他绕着球台转了一大圈，查斯一边看报一边在叹气。又一个红球落了袋。“你们可以……”德里克在观察白球会停在哪儿，

"你们可以把那个地窖派点用场。"

"比如说?"我说,可德里克耸了耸肩,将黑球用力击落袋中。

当德里克终于错失了黑球后,他齿缝里发出一种尖锐的嘶嘶声。查斯从报纸上抬头一看说:"四十九。"我对德里克说:"我走了,"可他正好转身向另一位球手要根烟抽,然后他走到球台的另一边看格里格打。我觉得很难受,我靠在根柱子上仰头看着天花板。上面有铁梁,梁上面的屋顶上有方格的玻璃,上面涂了黄褐色的漆。我看下来的时候德里克又开始打了,球台上只剩了几个球。打完之后,德里克从后面走到我跟前抓住我的胳膊肘说:"想不想来一局?"我说不想,挣脱了他的手。

我说:"我要回家了。"德里克站在我面前笑了,他把球杆的大头靠在脚上,上下颠动。

"你可真够怪的,"他说,"你干吗就不能放松一下,你干吗就不能笑一下?"我又靠回到柱子上。我感觉有一种又黑又沉重的东西正压在我身上,我又抬头望着天花板,想万一能看到那样东西就好了。

德里克继续颠着他的球杆,然后他灵机一动。他猛吸一口气，透过肩膀大叫道："嘿，查斯！格里格！过来帮我让这个可怜的小怪胎笑一笑。"他说话间朝我微笑着眨了眨眼，好像我也是这个玩笑中的一员。查斯和格里格出现在德里克两旁，位置略后于我。

"来吧，"德里克说，"大笑一回，否则我就告诉你姐姐。"他们的脸变得更大了。"否则我就让格里格跟你讲一个他拿手的笑话。"查斯和格里格哈哈大笑，每个人都想站在德里克一边。

"滚开！"我说。查斯说："咳，别惹这小伙子了。"然后走开了。他说话的方式弄得我直想哭，我最不想让他们看到我哭，我狠狠地瞅着德里克，眼睛眨都不眨。可泪水正在我的一个眼睛里聚集，虽然眼泪一流出来我就把它一把抹掉了，我知道他们还是看到了。格里格伸出一只手来想跟我握一下。

"我没恶意，老弟。"他说。我没跟他握手因为我的手是湿的。格里格也走开了，又只剩下了我和德里克两个人。

我转身朝门口走去，德里克把球杆往台子上一放跟了过来。我们靠得极近，像是被手铐铐在了一起。

"你真是跟你姐姐一模一样，真是。"他说。我因为没法越过德里克，只得朝门的左边走去，就是那个茶水窗口。那个老人一见我们过来，就提起他那把巨大的钢茶壶倒了满满两杯茶。他的声音非常尖锐。

“这两杯茶就算在我身上了，”他说，“为了你得的四十九分。”他的话是冲着德里克和我两个人说的，我也只得端起一杯茶。德里克也拿了一杯，我们俩就靠着墙面面相觑。有那么几分钟，他似乎想说些什么，不过并没说出口。我想尽快把茶喝完，结果弄得我又热又难受。我衬衣底下的皮肤刺痒难耐，我的脚不停冒汗，脚趾头之间都滑来滑去了。我把头往墙上一靠。

格里格和查斯已经从另一扇门走了，别的球手又回到了各自的球台。透过墙壁我听到奥太太正说个没完。过了一会儿，我又觉得那可能是收音机里的声音。

德里克说:“你姐姐怎么了？她一直就这样呢还是出了什么事?”

“一直怎么样?”我马上道。我的心怦怦跳得很重，不过很慢。德里克又得考虑一会儿，他抻了抻下巴，又摸了摸领巾的扣环。

“我们这是严格意义上男人之间的谈话，你懂吧?”我点了点头。“就说今天下午吧。她在忙活着一件什么事，所以我就想到你们地窖里去转转。这有什么妨碍的，结果她那么大惊小怪。我是说，那底下没什么东西吧?”我没觉得这是个真正的问题，也就没有搭腔。可德里克又重复了一遍，“没什么吧?”

我说:“没有，当然没有。我几乎都不下去，不过里面什么都没有。”

“那她干吗那么生气?”德里克盯着我等我答复，好像大惊小怪的那个人是我。

“她一直都这样，”我告诉他，“这就是朱莉的为人。”

德里克朝下看了自己的鞋子一会儿，抬起头来又说:“还有一次……”不过奥先生正好从办公室出来开始跟德里克说话，我喝完杯子里的茶就走了。

回到家，我发现后门开着，就悄没声地走了进去。厨房里有很久前煎炸过东西的气味。我有种奇怪的感觉，仿佛离家已经有好几个月，在我离家期间已经发生了很多事情。起居室里，朱莉坐在桌旁，桌子上有几个脏盘子和一个煎锅，她看上去很是自得。汤姆正坐在她膝上，大拇指含在嘴里，脖子上围着的餐巾系成围嘴的样子。他目光呆滞地盯着房间对面，头靠在朱莉的乳房上。他像根本没注意到我进来了，继续吧嗒吧嗒地吮他的大拇指。朱莉一只手搭在他后腰上。她冲我微微一笑，我把手放在门把手上稳住自己。我似乎觉得我浑身轻飘飘的，一点分量都没了，像是能被风吹走。

"别这么大惊小怪的，"朱莉道，"汤姆想做个奶娃娃。"她把下巴搁在他头上开始轻轻地前后摇晃。"今下午他可淘气了，"她继续道，更多的是跟他说，"所以我们长谈了一次，决定了好多事。"汤姆正上眼皮直打下眼皮。我靠近朱莉在桌旁坐下，不过这样一来我就看不到汤姆的脸了。我从煎锅里拿了几块冷掉的培根吃了。朱莉一边摇晃一边轻声地哼着。

汤姆睡着了。我本打算跟朱莉谈谈德里克，可她抱着汤姆站了起来，我也就只得跟着他俩上了楼。朱莉用脚把卧室的门推开。她已经把我们那张旧婴儿床从地窖里搬了上来，就放在她自己床边。已经都预备好了，婴儿床的一边放了下来。我看到婴儿床跟她的床挨得这么近很恼火。

我指着说："你干吗不放在他自己卧室里？"朱莉背朝着我正把汤姆安置在婴儿床上。朱莉给他解裙子的时候，他坐在那儿微微摇晃着。他眼睛是睁着的。

"他想睡在这儿，是不是呀，我的小甜甜？"汤姆一边往被单底下爬一边点了点头。朱莉走到窗边拉上窗帘，我走到半明半暗中，站在婴儿床的床尾。她从我身边挤过去，吻了吻汤姆的额头，小心地把放下来的那一边拉起来。汤姆似乎马上就睡着了。

“真是个好孩子。”朱莉低声道，拉起我的手把我领出了她的卧室。

9

苏给我读她的日记之后不久，我就开始注意到自己手上的气味。甜兮兮的微微有些腐臭，而且手指上要比手掌上重一些，甚至也有可能是在手指间。这种气味让我想起我们扔出去的那些肉。我已经不再手淫，不知怎的没这种想法了。我把手洗干净之后它们就只有肥皂的气味了，可只要我把头掉开用手在我鼻子前迅速挥过，那种臭气就又有了，从肥皂的香味底下透出来。我在午后长时间泡在浴缸里，纹丝不动地躺着什么都不想，直到水变凉。我把指甲剪了，把头发洗了，把干净衣服也找了出来。可不到半小时那种气味就又回来了，似有若无，更像是对一种气味的回忆。朱莉和苏老拿我的外貌开玩笑，她们说我是为一个秘密女友梳洗打扮。不过，我的新形象毕竟使朱莉对我的态度更加友好了。她从一次慈善义卖上给我买了两件衬衣，差不多全新而且很合身。

我站在汤姆面前伸出手指来在他鼻子底下晃荡。他说:“像是鱼腥气。”用他那种新学的奶娃娃的高音。我在家里找到一本医学百科全书翻查癌症的词条。我想我可能因为某种慢性病在渐渐腐烂。我看着镜子里的自己,试图用手捂住鼻子屏住呼吸。有天晚上终于下了雨,而且下得很大。我曾听人说雨水是世上最干净的水,于是我脱掉衬衣、鞋子和袜子,站在假山顶上伸开双臂任雨水淋着。苏走到厨房门前,为了盖过雨声喊着问我在干吗。她回去之后又带着朱莉返回。她们对着我又叫又笑,我于是转身背对着她俩。

吃晚饭时我们起了次争执。我说这是自打母亲死后下的第一场雨,朱莉和苏却说已经下过几次雨了。我问她们具体什么时候下的,她俩又说不记得了。苏说她知道她用过雨伞,因为伞现在在她卧室里搁着,朱莉说她记得德里克汽车的雨刮擦去雨水的声音。我说这根本证明不了什么,她俩就怒了,这反倒让我觉得心平气和,故意惹她们更怒。朱莉反问我有什么可以证明一直没有下雨,我说我不需要证明,我知道没下过雨,把姐妹俩气得直喘粗气。我请苏把糖碗递一下的时候她没理我。我绕过桌子,就在我要拿到的时候,她把碗拿起来放到了桌子的另一端,靠近我刚才坐的位置。我上去想狠狠掴一下苏的脖子，可朱莉大叫一声："你敢！"声音尖利得吓了我一跳，我后退一步，手从苏头顶上扫了过去。我立刻又闻到了那种气味。我再次坐下来的时候等着朱莉或是苏骂我放了臭屁，可她俩开始谈起了别的，故意把我排除在外。我把手压在屁股底下朝汤姆眨巴着眼睛。

汤姆嘴巴半张着盯着我看，我能看到他舌头上嚼了一半的食物。他坐在朱莉身旁，我们刚才在争论下雨问题的时候，他已经把食物涂了一脸。现在他等着朱莉想起他来，用他脖子上的围嘴帮他擦脸并告诉他可以离开饭桌了。然后他就可以爬到桌子底下，在我们吃完的时候坐在我们的大腿之间。

别的时间里他就把围嘴扯下来跑到外头跟他几个朋友玩，就不再是个奶娃娃了，直到他回到家里再发现朱莉为止。他做奶娃娃的时候很少说话或是弄出什么声音来，他就那么等着她的下一个举动。在她把他当娃娃宠的时候，他的眼睛会变得更大也会分得更开，他的嘴巴也松弛下来，他看起来就像是整个儿沉入他自己内部了。有天晚上，当朱莉把汤姆抱起来要带他上楼时我说："真正的奶娃娃在抱上床时都会又踢又叫的。"汤姆掠过朱莉的肩膀瞅着我，嘴巴突然间抿紧了。

“他们不会的，”他很讲道理地说，“他们不会总是这样的。”然后就乖乖地任由自己被抱出房间。

我忍不住想看着他们俩在一起的情形。我跟在他俩后头，出神入迷地想看看到底会发生什么。朱莉像是很喜欢有个观众，而且还拿这个来开玩笑。

“你看起来这么严肃，”她有一次说，“就像在观看一场葬礼。”汤姆自然想一个人独占朱莉。第二天晚上，我在汤姆该睡觉的时候再次跟着他们上楼，倚着门看朱莉给他宽衣，他就特意背朝着我。朱莉冲我微微一笑，要我把汤姆的睡衣拿过来。汤姆在婴儿床上翻腾着大叫：“走开，你走开！”朱莉哈哈大笑，摩弄着他的头发说：“我该拿你们俩怎么办？”我扭头出了她的房间，靠在走廊的墙上听朱莉给汤姆读一个故事。她终于出来之后，看到我并不觉得吃惊。我们走进我的房间一起坐在床上。我们俩谁都没开灯。我清了清嗓子说汤姆再这么假装个奶娃娃恐怕对他不好。

“没准儿他就拘在里头出不来了。”我说。

朱莉起先没搭腔，我只能隐约看出她在冲我微笑。她把手放在我膝上说：“我想是有人吃醋了。”我们俩都笑了，我在床上躺了下来。我仗起胆子用指尖触到了她的后腰。她哆嗦了一下，压在我膝上的手劲更大了些。

然后朱莉却说："你经常想到妈吗？"

我低声道："是，你呢？"

"当然。"看来像是再没话可说了，可我希望我们俩继续说下去。

"你觉得我们当时的做法对吗？"朱莉把手从我膝上抽走了。她一直沉默无语，我都以为她把我的问题给忘了。我又碰了她后背一下，她马上说："当时看来理所应当，不过现在我就不知道了。也许我们不该那么做。"

"现在也只能如此了。"我说，等着她反驳，也等着她重新把手放在我膝上。我用指尖划过她整条脊柱，琢磨着我们之间是什么发生了改变。是因为我开始洗澡了才让她发生了这么大的改变？她终于说："是呀，是没办法了。"然后把胳膊一抱表示就此结束，暗示她被冒犯了。一会儿她掌控一切，一会儿她又沉默不语，等着受到攻击。

我不耐烦地道："你让德里克进地窖了。"现在我们之间的一切都变了。朱莉穿过房间，把灯打开，站在门口。她急躁地一甩头，把挡在眼前的一缕头发甩开。我坐在床边，把手放在她的手曾经放过的膝盖上。

“是他告诉你的，在你们玩……台球的时候？”

“我只是看到了。”

“他找到了钥匙就下去转了一圈。”朱莉说。

“你该制止他的。”

她摇了摇头。很少见到她为自己辩护，而且她的声音听来相当陌生。“他拿到了钥匙。底下也没什么可看的。”

我说：“你那么光火，如今他开始起疑了。”我头一次在跟朱莉的争执中占了上风。我开始用手在双膝上打着拍子，又隐约闻到了那种甜兮兮的腐烂气味。

朱莉突然道：“你知道，我根本没跟他睡过，也没做过什么别的。”我继续敲打着，没有抬头看她。然后我很高兴地停下来说：“那又怎么样？”不过朱莉已经走了。

我俯身在桌子上，抓住汤姆的围嘴把他朝我拉过来。他开始低声抽泣然后就开始哭嚎。朱莉停下话头想把我的手指掰开，苏站了起来。

“你想干吗？”朱莉喊道，“放开他。”我已经把汤姆在桌子上拖了挺长的距离，这才松开手，他跌回朱莉的怀抱。

“我是想给他擦擦嘴巴，”我说，“我见你们俩谈得那么热乎。”汤姆把头埋在朱莉的膝上开始大哭，模仿得像极了奶娃娃的哭嚎。

“你就不能消停点儿？”苏说，“你到底怎么回事？”

我踱出房间到了花园。雨正在收尾。高层住宅区因为新鲜的湿迹显得很是丑陋，不过漫出我们花园满地生长的野草已经返青了不少。我沿着父亲当初一直希望大家取道的路径绕花园走着，走完那些小径，下台阶走到池塘边。在野草和蓟草覆盖下很难找到台阶，那个池塘也成了一块卷缩起来的蓝色脏塑料。底部已经积了一点雨水。我绕着池塘散步时，感觉脚底下踩扁了某种软乎乎的东西。我踩到了一只青蛙，它侧躺在地上，一条长长的后腿跷在空中不断划着小圆圈。一种黏糊糊的物质从它肚子里淌出来，下巴底下的嗉囊飞快地一胀一缩，一只鼓出来的眼睛以一种悲哀却并非谴责的方式朝上望着我。我在它旁边跪下来拣了块很大的扁平石块。现在它看着我的方向像是期待着帮助，我等着，希望它能恢复过来或者立马死掉。可它的气囊现在胀缩得更快了，而且它正无望地试图用另一条后腿把身体扶正。它那两条短短的前腿在空中做出游泳的动作，黄眼睛直盯进我的眼睛。

“够了!”我大喊一声,用那块扁石头狠狠地猛击它小小的绿脑袋。我把石头拿起来的时候青蛙的身体粘在上头一起被带了起来,然后落在地上。我开始哭了。我又找了块石头,挖了条短短的深沟。我用根棍子把它扫进去的时候看见它的前腿还在哆嗦,我飞快地用土把它盖起来,然后把这个小坟踩平。

我听到身后有脚步声和德里克的讲话声。

“你怎么了?”他两腿叉得很开地站着,一件白色雨衣搭在肩头,前面用一个手指勾着。

“没什么。”我说。

德里克又走近几步,“你在地里弄到什么了?”

“没什么。”

德里克用他擦得雪亮的尖头靴子的靴尖开始挖土。

“是我刚埋的死青蛙。”我说。可德里克继续挖下去,直到他发现青蛙的尸体,都跟土结成了一块儿。

“你看,”他说,“它根本就没死。”他用靴跟踩下去并碾着我的青蛙,然后再用土盖上。他干这些事用的都是一只脚,而且雨衣始终仍搭在肩上。他散发出香水的香味,应该是某种须后水或古龙水。我沿环绕假山蜿蜒而上的小径往花园高处走了几步，德里克跟在我正后方，我们就这么盘旋而上，在靠得很近的一个个很小的圆圈内你前我后，就像小孩子在玩游戏。

“朱莉在家，对吧？”他说。我告诉他她正安置汤姆上床睡觉，然后，当我们俩在假山顶上距离很近地保持住平衡的时候，我说：“他现在睡到她的卧室里了。”德里克飞快地点了下头，似乎他已经知道了，并摸了一下他的领带结。

我们望着我们的房子。我们靠得实在太近了，他说话时我都闻得到他呼吸中的薄荷气味。

“你这个小弟弟挺怪异的，是吧？我是说，穿女孩子的裙子……”他冲我微笑着，似乎期望我也跟他一起微笑。可我抱起胳膊来说：“这有什么怪异的？”德里克将小径当台阶用从假山上下来，下去之后他花了些时间把雨衣叠好夹在胳膊底下。他咳了几声说：“你知道这会影响到他今后的生活的。”我也从假山上下来，我们一起朝家里走去。

“你这话什么意思？”我问他。我们正站在厨房门外，德里克透过窗户朝里望着没有回答。通往起居室的门开着，我们可以看见苏正一个人坐着看一本杂志。

德里克突然问道："你父母具体什么时候死的？"

"很久以前了。"我嘟囔道，推开了厨房的门。德里克抓住了我的胳膊。

"等等，"他说，"朱莉告诉我是近来的事。"

苏从起居室里喊我的名字，我挣脱开手臂进了屋。德里克低声在我后头跟我说要我别忙，然后我就听到他在踏进厨房之前仔细擦鞋的声音。

德里克一进屋苏就把杂志一扔，跑到厨房里去为他沏茶。她待他就像个电影明星。他拿着折成一个整齐四方形的雨衣想找个地方放下，苏就站在门口像只吓坏了的兔子一样望着他。我坐下来翻看苏的杂志。德里克终于将他的雨衣安置在一把椅子旁边的地板上，也坐了下来。

苏从厨房里出来，"朱莉在楼上跟汤姆在一起。"她声音都是哆嗦的。

"我就在这儿等了，"德里克大声喊道。他把两腿一架，然后扯了扯衬衣的袖口，以便袖口突出西装的部分正好合适。德里克从苏手里接过茶杯时说："谢谢你，苏珊，"语调很是滑稽，而她咯咯笑着，拣了个离他最远的位子坐下来。他边搅着杯里的茶边抬头直视着我说："这儿有股奇怪的气味，你没注意到?”我摇了摇头,不过我能感觉到自己脸红了。德里克望着我喝着手里的茶。他抬起头来大声地吸着鼻子。“气味不大,”他说,“可是非常怪异。”苏站起身来飞快地说了起来。

“是厨房外头的排水沟,太容易堵了,而且现在是夏天……你知道……”然后,她顿了顿之后又说了一遍,“是排水沟。”

她说的时候德里克点了点头而且一直看着我。苏又回到她的椅子上,这之后有很长一段时间谁都没言语。

我们谁都没听到朱莉进来,她说话的时候德里克吓了一跳。

“怎么都这么安静,”她柔声道。德里克像个士兵一样站得笔直,非常有礼貌地说:“晚上好,朱莉。”苏咯咯笑了。朱莉穿了她的天鹅绒裙子,用一条白色缎带把头发扎了起来。德里克说:“我们正说排水沟呢。”然后手僵硬地微微一摆,意思是把朱莉引向他的座位,可她却走到我跟前在我的座位扶手上坐了下来。

“排水沟?”她像是自言自语道,不过看来也不想深究。

“你这段时间可好?”德里克说。苏又咯咯笑起来,我们都转头看她。朱莉指着德里克的雨衣。

“干吗不把它挂起来？小心被人踩到。”

德里克把雨衣拿起来放在膝上抚摩着它。

“乖猫咪。”他说，可没人发笑。苏问朱莉汤姆是不是睡了。

“睡得可沉了。”朱莉说。德里克取出怀表看了一眼。我们都知道他要说什么。“是不是有点早？对汤姆来说？”苏又是一阵笑，她用手紧紧捂住脸摇摇晃晃地进了厨房。我们听见她打开门走到了外面的花园。朱莉非常冷静。

“事实上，”她说，“比平常都稍微晚了些了，对吧，杰克？”

我点点头，尽管我根本不知道几点了。

朱莉抚弄着我的头发。

“你没注意他有什么不同吗？”她对德里克说。

“更干净也更聪明了。”他马上说。他又对我说：“搭上什么女朋友了吧？”朱莉把手放在我头上。

“这可没有，”她说，“我们这儿可没什么女朋友。”

德里克笑了笑，取出香烟。他给朱莉敬烟，不过她拒绝了。我坐着一动不动，因为我不想让她把手挪开，同时我又觉得在德里克看来我肯定很傻。他往椅背上一靠把烟点上了，目光一直没离开我们。我们听到苏开了后门，可她仍待在厨房里。德里克突然间微微一笑，我怀疑背后的朱莉是不是也在微笑。他们一语未发地同时站起来，朱莉把手抽走之前在我头上轻拍了一下。

他们俩一上楼，苏就进来，坐在德里克的椅子边上。她不安地笑了笑说："我知道那气味是哪儿来的。"

"不是我。"

她把我领进厨房，把地窖的门打开。我一下子就明白了，当然是同一种气味，不过更加浓重了而已。现在它跟我分离开了。甜兮兮的，而且在这之外，或者说包裹着它的是另一种更大、更软的气味，感觉就像是一根胖手指伸进了我嗓子眼。它从黑暗中沿着水泥台阶翻滚上来，我只能张开嘴巴喘气。

"走吧，"苏说，"下去。你知道是怎么回事。"然后她打开灯，推了我后腰一下。

"你也得下去才行。"我说。从楼梯底下的走廊到最后一个房间这段路上传来某种窸窸窣窣的声音。苏退回厨房拿了汤姆的塑料玩具手电，是一条鱼的形状。光从鱼嘴里出来，非常微弱。我说："里面够亮的了，我们不需要那个。"可她用手电戳了我后背一下。

“走呀，你就看到了。”她轻声说。

下了楼梯后，我们停步将另一组灯打开。苏用一块手帕捂住鼻子，我则撩起衬衣下摆挡住脸。走廊尽头的门半开着，里面又传来窸窸窣窣的声音。

“是耗子。”苏说。我们走到门口的时候，里面突然静了下来，我们也停住了。“推呀。”苏透过手帕说。我动都没动，可门竟然自己打开了。我大叫一声向后退去，却发现是我妹妹正在用脚踩着铰链附近。那柜子看起来就像是一直被连踢带打一样，中间部分凸出老大一块。水泥表面裂开一道巨大的裂缝，有的地方都有半英尺宽。苏想让我往里面看看，她把手电塞在我手里，指着裂缝说了句什么话，我没听清。我拿着手电沿裂缝一路照过去时，想起亨特船长和他手下沿一颗未知行星表面低空飞行的情景。数千英里平坦、烤焦了的沙漠，只有地震造成的巨大裂隙散布其间。没有山、树、房子也没有水。没有风因为没有空气。他们没有着陆就飞离这颗星球进入太空，好几个小时都没一个人说话。苏露出嘴巴狠狠地低声道：“你在等什么呢？”我在最宽的缝隙处俯下身用手电照下去。我看到一种褶皱的、黄灰色的表面，周边是某种黑黑的、磨损了的物质。我盯着看的过程中，那个表面自动地短暂形成一张脸、一只眼睛、一部分鼻子和黑洞洞的嘴，然后这些形象又再次消融为褶皱的表面。我觉得就要倒在上面了，就把手电给了苏。可在我看着她趴在柜子上的时候，这种感觉就过去了。我们回到走廊，把后面的门关上。

“你看见了没?”苏说，“床单都磨破了，你都能看到她穿的睡衣。”有那么一瞬我们竟非常兴奋，仿佛我们发现我们的母亲事实上还活着。我们刚刚已经看到她穿着睡衣呢，她生前就是这个样子。我们上楼的时候我说：“这气味你一旦适应了也没那么可怕。”苏半是大笑半是抽泣了一声，把手电掉了。我们又听见身后有了耗子的声音。她深吸一口气，弯腰捡起手电。她站起来后说：“我们得再弄些水泥来。”而且她的声音很是镇定。

我们在楼梯顶上碰上了德里克，越过他的肩膀我能看到朱莉站在厨房中间。德里克挡住了我们出地窖的路。

“嗨，你们可不大擅长保密呀，”他以一种友好的方式说，“你们在底下藏了什么东西发出这么好闻的气味?”我们从他身边挤过去，谁都没搭他的茬。苏站在水槽边，端起一个茶杯来喝水。液体打她喉咙经过的声音非常响。我说：“这真的不关你的事。”我转向朱莉，希望她能想出点可以说道的东西。她走到德里克站立的地窖门口，抓住他的胳膊想温和地把他拉开。

“我们把门锁上吧，”她说，“这气味真让我受不了。”可德里克把胳膊抽回，再次用友好的方式说：“可你们还没告诉我那到底是什么呢。”他拂了拂朱莉拉过的夹克袖子，朝我们微微一笑，“我很是好奇呢，你们也瞧见了。”我们眼看着他转身下了楼梯。我们听见他的脚步在楼梯底下停下来，听见他摸索着找电源开关，而且继续走向尽头的房间。然后我们也跟着他下去了，先是朱莉，然后是苏，然后是我。

德里克从胸袋里掏出一块淡绿色的手帕，抖开，没用它盖住脸，而是遮在它近旁。我决定什么遮挡也不要，张嘴用牙齿缝迅速呼吸。德里克用靴子敲了敲那个柜子，姐妹俩和我在他身后站成一个弧度很浅的圈，像是就要举行某种重要的仪式。他伸出手指沿裂缝摸过去，并朝里面窥视。

“不管里面是什么，都已经烂透了。”

“是条死狗，”朱莉突然又简单地说，“杰克的狗。”德里克咧嘴笑了。

我说：“你发过誓不说出去的。”

朱莉耸了耸肩道："现在也没什么关系了。"德里克朝柜子俯下身去。朱莉继续道，"这是他对……坟墓的概念。她死了之后他就把她放在里面，上面浇上了水泥。"德里克掰下一小块水泥，在手里扔来扔去。

"你当初没把水泥给和好，"他说，"而且这个柜子也承受不了这么大重量。"

"这气味现在弄得全家都是，"朱莉对我说，"你最好采取点什么措施。"德里克用手帕很仔细地擦着手。

"我想它要求重新埋葬一次呢，"他说，"也许埋在花园里，挨着你的青蛙。"

我走到柜子跟前，像德里克那样轻轻踢了踢。

"我不想挪动它，"我坚决地道，"我已经费了这么大劲儿。"

德里克领头出了地窖，我们上来后都进了起居室。德里克问我狗的名字，我不假思索地说："科斯莫。"他过来把手搭在我肩膀上说："我们得用水泥把那道裂缝封起来，希望那柜子承受得住。"那天晚上剩下的时间里，我们就这么坐着什么都没干。德里克谈着斯诺克。

好长时间后，我要去我的卧室时，他说："这次我给你看看怎么把水泥和好。”

我在楼梯上听到朱莉说:“你最好还是由着他做去,他不喜欢你教他怎么做。”德里克说了句什么话我没听见,然后他就自己呵呵笑了很长时间。

10

炎热的天气又回来了。上午朱莉在假山上日光浴，这回不带收音机了。汤姆头一次在白天穿起了自己的衣服，跟他那个高层住宅区的朋友在花园里玩。汤姆不论打算干什么他认为特别勇敢的事，比如跳过一块石头，都想让朱莉看着。

“朱莉，看着！朱莉！朱莉，看！”我整个上午都听见他在不停地叫。朱莉躺在一块亮绿色的浴巾上根本不搭理汤姆。她的肤色实在已经太深了，我觉得只要再晒上一天就成全黑的了。厨房里飞着几只黄蜂，绕着泼翻在地板上的垃圾觅食。屋外有一大群苍蝇围着已经漫出来的垃圾箱打转，垃圾已经有好几个星期没倒了。我们觉得可能正在进行一场罢工，可又没听到任何风声。有一块黄油已经化成了一摊。我一边往窗外望着，一边用手指在里面蘸了蘸放在嘴里吸了吸。今天实在太热了，没法清理厨房。苏过来告诉我说已经创了纪录，她听收音机里讲今天是自打一九〇〇年以来最热的一天。

“朱莉该当心点。”苏说，走到外面去提醒她。可不论是汤姆和他的朋友还是朱莉似乎都不为酷热所动。她很安静地躺着，他们俩则绕着花园互相大喊着对方的名字追打。

快到傍晚的时候我跟朱莉一起去商店买了一袋水泥，汤姆也跟去了。他紧跟在朱莉身边，拽着她白裙子的一角。一度我不得不站在一个汽车候车亭的阴凉底下才不至于热昏了头。朱莉站在我面前的阳光里想用自己的手帮我扇风。

“你怎么回事？”她说，“看起来这么虚弱。你这些天都把自己给怎么着了？”她对上了我的眼神，于是我们俩都笑了。我们在商店外面看到了我们映在平板玻璃窗上的映像。朱莉扣住我的手说：“你看你苍白成什么样子了。”我把手抽回来，我们走进商店的时候她口气坚定地对我说话，就仿佛我是个孩子。

“你真该出来晒晒太阳，对你有好处。”回家的路上我想起很久前有段时间，你不跟朱莉说话她根本就不会开口。如今她正兴奋地跟汤姆说着马戏团，还停下来在他身边跪下用纸巾把他嘴唇上的冰淇淋和鼻涕擦干净。

我们到了家门口的时候我决定暂时不进屋。朱莉把我手里那十磅重的水泥袋接过去说:“这就对了,你在外头晒晒太阳。”当我沿着我们的街道朝前走时,才注意到街道已经大变了样,简直不像条街道了,它成了条穿过一个几乎全空了的废品站的路。除了我们自家的房子以外,就只剩两幢房子还没推倒。在我前头有一群工人正站在一辆施工卡车周围准备回家,我走到卡车跟前的时候车正好发动起来。有三个人站在车后驾驶室的顶上攀着车梁,其中一个看到我之后猛地把头往我这边一扭跟我打个招呼。然后,当卡车在路牙子上一颠时,他指着我们家房子的方向耸了耸肩。当初那些预制房屋现在只剩下地基里面的大石块,我走过去站在一块石头上。跳过这块大石就是原来是墙壁的沟槽,沟里长着看起来像是小莴苣的野草。我沿着墙壁的痕迹走过,前脚跟紧挨着后脚尖,想着一家人就住在这么个水泥长方形里该是多么奇怪。现在已经很难辨别这是否就是我曾来过的那个预制房屋了,你根本就没办法把它们区分开来。我脱下衬衣,铺在最大的那个房间的地板中间。我平躺下,两手伸开在地上,这样我的手指就能晒到太阳了。我马上就觉得热得喘不过气来,皮肤因为出汗刺痒难耐。不过我下定决心坚持下去，躺在那儿做起了白日梦。

我醒过来的时候觉得很奇怪，我为什么不在自己的床上。我哆嗦着摸索我的床单。我站起来后头开始作痛。我捡起衬衣慢慢走回家，中间停下来一次自我欣赏我胸部和胳膊上的血红色，在暮色中颜色看起来格外地深。我走进厨房的时候看见地窖的门开着，而且听到底下有说话声和刮擦声。

德里克袖子挽起，正在用一把镘刀往那道裂缝里填湿水泥。朱莉手叉在后腰上站着看他干。

“帮你擦屁股呢。”德里克见我进来后说，不过他明显很是自得。朱莉见到我像是很高兴，仿佛我出海了好多年似的。

“你看看你，”她说，“你晒得多好，你看起来真可爱。他看起来不是很可爱吗？”德里克咕噜了一声继续俯身工作，那气味已经淡了不少。德里克一边把水泥抹平一边透过齿缝轻轻吹着口哨，他背朝我们的时候，朱莉朝我眨了眨眼，我假装要抬腿踢德里克的屁股一脚。德里克感觉到了什么，他仍背对着我们问：“有什么问题吗？”

“没，没什么。”我们俩一起说，开始大笑起来。德里克手拿镘刀朝我们走来，我很意外地发现他讲话的语气像是很受伤。

“也许最好还是你来做。”他说。

“哦不，”我说，“你在这方面比我强多了。”

德里克还是想把镘刀塞到我手里。

“那是你的狗，”他说，“如果是条狗的话。”

“德里克！”朱莉抚慰地说，“还是请你来做吧，你说过你会做的。”她把他领回到柜子旁，“如果杰克来做，免不了又会裂道缝，弄得到处都是臭味。”德里克耸了耸肩，重新干起来。朱莉拍了拍他的肩膀，把他挂在一个钉子上的夹克取下来，她把它搭在胳膊上也拍了拍它。“乖猫咪。”她轻声道。这次德里克没再理会我们的轻笑。

他把活干完后挺直了身子。朱莉说：“干得好！”德里克朝她微微一躬，想拉住她的手。我也说了句类似赞赏的话，可他没朝我的方向看。上楼来到厨房，德里克洗手的时候朱莉和我站在旁边伺候着。朱莉递给他一条毛巾，他擦手的时候又想把她拉到自己身边，可朱莉走到我身边把手搁在我的肩膀上夸我脸上的颜色。

“你看起来真是强了百倍，”她说，“对吧？”德里克正在以迅速、剧烈的动作系他的领带。朱莉像是已经完全控制了他的情绪。他整理了一下袖口，伸手要他的夹克。

“我看他像是晒过头了。”他说。他朝门口走去，我一度还以为他要走了。其实不是，他弯下腰拎着一个旧袋泡茶包的一角把它捡起来，朝垃圾桶的方向扔去。朱莉在水壶里加满水，我溜达进起居室去找茶杯。

茶终于沏好之后，我们站在厨房里喝茶。现在他已经穿上了西装，领带也打好了，德里克这才更像本来的他了。他站得笔直，一只手端着茶杯，另一只手拿着茶碟。他问了我几个学校和打工的问题。然后他很小心地说：“你肯定一直非常依恋那条狗。”我点了点头，等着朱莉改变话题。“他什么时候死的？”德里克问。

我说：“是她。”大家都停顿了片刻，然后德里克稍有些不高兴地说：“那么她是什么时候死的？”

“大约两个月前。”

德里克转向朱莉，祈求地望着她。她微微一笑，给他的茶杯加满了茶。他冲着她和我之间的空间讲话。

“是条什么狗？”

“哦，你知道的，”朱莉说，“杂种的那类。”

我加了句，“大部分是拉布拉多。”

突然，我仿佛感觉有一条狗从某个地方朝我抬起深陷的眼睛。我摇了摇头。

“你介意我们说到它吗？”德里克说。

“没关系。”

“你怎么会想到把她埋在那里面呢？”

“感觉上像是把她保存了起来，就像那些埃及人。”

德里克简略地点点头，仿佛一切疑问都得到了解决。

正在这时汤姆进来了，跑到朱莉跟前就吊在她腿上。我们挪动了一下位置，把我们站立的圈子稍微扩大一点。德里克想摸摸汤姆的头，可汤姆把他的手推开了，德里克的茶也有些泼到了地板上。他盯了水渍一会儿说：“你原来喜欢科斯莫吗，汤姆？”

汤姆仍抱着朱莉的腿，这时身子朝后仰着看了看德里克，然后咯咯一笑，仿佛这是他们之间一个持续进行的玩笑。

“你记得科斯莫的，我们的狗。”朱莉飞快地告诉他。

汤姆点了点头。

德里克说：“没错，科斯莫。她死的时候你难过了吗？”

汤姆又一次朝后仰过去，这次看的是他姐姐。

"你坐在我膝盖上哭了,不记得了?"

"记得。"他淘气地说。我们都密切地望着汤姆。

"我哭过,对不对?"他对朱莉说。

"没错,我还把你抱到床上,记得吗?"汤姆把头靠在朱莉的肚子上,似乎陷入了沉思。朱莉急于想使汤姆摆脱德里克,就放下茶杯把汤姆领到花园去了。他们出门的时候,汤姆大声说:"一条狗!"而且嘲弄地大笑起来。

德里克在口袋里晃荡着他的车钥匙。朱莉要汤姆在花园里跟她赛跑,我们都透过窗户看着。她转过身来鼓励汤姆时看起来是如此美丽,我都很生气德里克竟也分享到了这一幕。他仍望着窗外,满怀希望地说:"我希望你们都能……呃,更信任我一点。"我打了个呵欠。苏、朱莉和我事先都没一起串过我们这个狗的故事,我们压根儿就没认真对待德里克。有关地窖的故事经常显得不够真实,不足以哄过他。当我们不是实际上下去看着那个箱子时,我们就像是睡着了。德里克拿出表来看了看。

"我还有场球要打,也许晚上晚些时候再见。"他走到外头叫了朱莉一声,朱莉只是从跟汤姆玩的游戏中暂停了一小会儿,朝他挥了挥手,送了个飞吻。他走开之前又等了一会儿，不过她已经把身子转回去了。

我走进自己的卧室，把鞋袜脱掉在床上躺下。透过窗户我可以看到四四方方一块淡蓝色的晴空，没有一块云彩。一分钟还没过我又坐起来打量着四周。地板上有可口可乐的罐子、脏衣服、油炸鱼薯条的包装纸、几个铁丝的衣架，还有一个原来盛橡皮筋的盒子。我站起来看着我刚才躺过的地方，皱巴巴的黄灰色床单，有着清晰边缘的巨大的污迹。我觉得像是要窒息，我看到的每一样东西都令我想起我自己。我把衣橱的门完全敞开，把地板上所有的残骸都往里扔。我把床单、毯子和枕头都从床上扯下来，也全都塞进去。我把原来从杂志上剪下来贴到墙上的画片全都撕下来。我在床底下又找到了几个已经长了层绿毛的盘子和杯子。我把所有能挪动的东西全都塞到衣橱里，直到房间里变得光秃秃一片。我连灯泡和灯罩都拧了下来。然后我把衣服扒光，把它们也扔进衣橱，然后把橱门紧闭。房间空得像个牢房。我重新在床上躺下，盯着窗外那片干净的天空，直到沉入睡眠。

我醒过来的时候又黑又冷。我闭着眼睛摸索被单。我模糊地记得曾躺在预制房屋里。我还在那儿吗？我搞不懂自己怎么会赤身裸体躺在一个光秃秃的床垫上。有人在哭。

是我吗？我跪起来把窗户关上，突然想起我母亲已经死了很长时间了。一切马上都各就各位，我躺下来浑身哆嗦着侧耳倾听。哭声很轻柔，持续不断，呜呜咽咽，来自隔壁。听起来反让人心安，有一会儿我听到的只是它的声音，意识不到那是呜咽。除此之外我也不再有别的好奇。我不再哆嗦，马上就闭上了眼睛，仿佛一场演出一直延迟着等我就位，我看到了一系列生动的画面。我睁开眼睛，看到同样的画面就在黑暗中上演，眼皮马上又合上了。我不明白我为什么需要这么多睡眠。我看到一个非常炎热的午后拥挤的海滩。到了该回家的时候，我母亲和父亲走在我前面，拿着几个轻便折叠椅子和一包毛巾。我跟不上他们，巨大的圆形卵石硌着我的脚。我手里拿着一个小风车玩具。我哭了，因为我累了，想让父母抱。父母停下来等着我，可我就要走到他们身边时，他们又转过头继续往前走了。我哭着哭着就嚎了起来，别的孩子都停下正在干的事看着我。我把风车给扔了，有人捡起来递给我，我摇了摇头，嚎得更响了。我母亲把手里的折叠椅子递给我父亲，朝我走来。她把我抱起来的时候，我发现自己透过她的肩膀看着一个正拿着我的风车而且盯着我看的小姑娘。微风吹动着鲜亮的风翅噗啦啦地转，我拼命想把它要回来，可那个小姑娘已经落在我们后面很远了，现在我们走在了人行道上，我母亲的步伐很有节奏感。我继续小声哭着，可我母亲似乎充耳不闻。

这一次我睁开眼睛完全醒了。窗户关上后我这个小房间又热又闷。隔壁的汤姆还在哭。我站起来头晕眼花地撞到衣橱上。我打开衣橱找我的衣服。我塞在里面的灯泡滚落在地板上摔碎了，我大骂了一声。又是黑又是气闷，我都快窒息了，怎么找得下去。我朝房门走去，两手伸在前面，皱着眉头。我在楼梯平台上站了一会儿，等着眼睛适应灯光。楼下朱莉和苏正在讲话。我刚才的开门声使汤姆暂时住了嘴，现在他又哭起来，是那种勉强的、没有说服力的哭，朱莉根本就不会担心。她卧室的门开着，我就悄悄地进去了。房间里只亮着一个光线非常昏暗的灯泡，起先汤姆并没注意到我。他已经把毯子被单都踢到了婴儿床的床尾，他平躺着，光着身子，抬头看着天花板。他发出来的声音活像是一种枯燥的歌唱。有时他似乎完全忘了他在哭，声音也就停一会儿，然后他又想起来了，再加大声音继续哭。我就这么站在他后面足足听了有五分钟时间。他一条胳膊伸在脑袋后面，另一只手在玩弄他的小鸡鸡，用他的食指和拇指又拽又揉。

“哇噻。”我说。汤姆脑袋向后一斜，没怎么吃惊地看着我，然后他的目光又转回到天花板并且重续他的哭腔。我靠着婴儿床的床栏俯下身去粗暴地说：“你什么毛病？就不能闭嘴吗？”汤姆的哭腔变成了一哽一哽的真哭，泪水滚在他脑袋两侧的床单上。“别哭。”我说，手忙脚乱地想把床栏放下来。灯光实在太暗了，我看不清该怎么把挂钩解开。我弟弟满满地吸足两肺的气之后尖叫起来，这么一来我就更难集中精力了，我握起拳头打了挂钩一下，抓住那些垂直的栏杆开始摇晃，弄得整张床都晃动起来。汤姆倒开始笑起来，不知怎的挂钩松了，床栏掉了下来。他用他奶娃娃的声音叫道：“再来！我想让你再来一次。”我在床尾那堆被单和毯子上坐下来，我们互相盯着对方，这时他换回到正常的声音说：“你为什么一件衣服都没穿？”

我说：“因为我觉得热。”他点了点头。

“我也觉得热。”他把胳膊把脑后一抱，把身体躺平，现在更像个晒日光浴的，不像个婴儿了。

“你就因为这个哭的？因为你觉得热？”他想了一会儿才点了点头。

我说：“哭不是搅得更热吗？”

“我想让朱莉上来,她说她要上来看我的。”

“你为什么想让她上来?”

“因为我想这么做。”

“可为什么呢?”

汤姆恼怒地弹着舌头,“因为我想要她。”

我抱起胳膊,我突然很想审审他。

“你还记得妈吗?”他嘴巴张开了一点点,点了点头。“你不想要她吗?”

“她死了。”汤姆愤怒地说。我在婴儿床上安顿下来,汤姆挪了挪,给我的两条腿让出点地方。我说:“就算她死了,你不希望是她而不是朱莉上来看你吗?”

“我到过她的房间,”汤姆自吹自擂,“我知道朱莉把钥匙放在哪儿。”我几乎从来都没想过她那间上了锁的房间,我想起母亲的时候总是想起地窖。我说:“你在那里面干吗了?”

“没什么。”

“那里面有些什么东西?”

汤姆的声音里带上了一丝哭腔,“朱莉把东西都搬走了,所有妈的东西。”

“你想要妈的东西干吗?”汤姆紧盯着我,仿佛我的问题毫无意义。“你拿她的东西来玩?”我问。汤姆点了点头,学朱莉的样噘起了嘴巴。

“我们玩扮人的。”

“你和朱莉?”汤姆咯咯笑了。

“我和迈克尔,真笨!”迈克尔就是汤姆那个高层住宅区的朋友。

“你穿上妈的衣服扮她?”

“有时候我们扮妈和爸有时候我们扮朱莉和你有时候我们扮朱莉和德里克。”

“你们扮我和朱莉的时候都干吗了?”我的问题对汤姆来说再次没有了意义,“我是说,你们干了些什么?”

“就是玩嘛。”汤姆含混地说。

一是因为灯光照在他脸上的角度,还因为他有了自己的秘密,汤姆看起来像个躺在我脚下的聪明的小老头。我不知道他信不信天堂,我说:“你知道妈现在在哪儿吗?”汤姆盯着天花板说:“在地窖里。”

“你什么意思?”我轻声道。

“在地窖里,用水泥埋在那个柜子里。”

“谁告诉你的?”

“德里克说的，他说是你把她弄进去的。”汤姆转身改成侧卧，大拇指没塞进嘴里，不过放在嘴边。我摇着他的脚踝。

“他什么时候告诉你的？”汤姆摇了摇头，他从来就分不清一件事是昨天还是一个礼拜前发生的。“德里克还告诉了你些什么？”汤姆坐起来，咧开嘴笑了。

“他说你还假装那是条狗，”他大笑道，“一条狗！”

汤姆用被单的一角把自己盖住，翻个身又侧躺下了。他把拇指尖放到双唇间，不过眼睛仍然睁着。我把背后的一个枕头归置了一下，我喜欢就这样待在汤姆的床上。我刚才听到的一切对我来说也没什么大不了。我很想把床栏竖起来整晚都坐在这儿。上次我睡在这床上的时候每样事情都有人照看和安排。我四岁的时候曾经以为我晚上做的梦都是我母亲为我造的。如果她早上问我梦见了什么，她有时候会问，那是为了听听我是不是讲了实话。那之前老早我就把这张婴儿床让给了苏，我两岁那年，可是现在躺在上面却觉得非常熟悉——那种咸咸的、潮乎乎的气味，床栏杆的排列方式，那种像是受到温柔的囚禁的隐秘的快乐。很长时间过去了。汤姆的眼睛睁了睁马上又闭上了。他吮着伸进嘴里的大拇指。我还不想让他睡着。

“汤姆，”我低声说，“汤姆，你为什么想做个奶娃娃?”他说话时带着细细的哭腔，像是马上就要哭出来了。

“你在压我，压死我了。”他从被单底下有气无力地踢我，“你压死我了，这可是我的床……你……”他声音没了，眼睛紧紧闭上，呼吸也稳定为稳重的节奏。我看了他一分钟左右，这时门口一个微弱的响动才使我意识到我也成了别人观看的目标。

“看看，”朱莉走进来时自言自语道，“看看你。”她戳了我肩膀一下，然后用手捂住嘴巴把笑压下去。

“两个光屁屁的宝宝!”她把床栏拉起来，挂好，然后把胳膊肘靠在婴儿床上高兴地冲我微笑。她已经把头发盘起来了，几缕又细又长的发丝拳曲着垂在两耳旁边，耳朵上还戴了颜色亮丽的玻璃珠子耳坠。她白色棉质罩衫的扣子一直松到露出乳沟，她的皮肤是那种很深很暗的棕色。她噘着嘴唇，可忍不住的微笑又不断把嘴唇拉开。她身上又甜又浓的香水味把我包裹起来，我坐在那儿傻乎乎地咧开嘴笑着，直望进她的眼睛。为了取笑，我把拇指伸到嘴里并抬手遮住了脸。

“继续，”她鼓励道，“别怕。”

我自己皮肤那平淡的味道使我清醒了过来。

“我要出来了。”我说。

在我跪起来的时候，朱莉透过床的栏杆指着我。

“看呀！它大了！”她哈哈大笑着并作势要抓我。

我爬过床栏，在朱莉给汤姆盖上条毯子的时候我朝门口挪着，已经在后悔我干吗把这一幕就这么了结了。朱莉抓住我的胳膊把我拉向床边。

“先别走，”她说，“我想跟你谈谈。”

我们俩面对面坐下，朱莉的眼睛看起来又亮又野。

“你脱了衣服看着真可爱，”她说，“又粉又白的就像个冰淇淋。”

她碰了碰我晒红了的胳膊，“痛吗？”

我摇了摇头，“那你的衣服呢？”

她几下就把衣服脱了。当她的衣服在我们之间成为一个小堆后，她朝汤姆点了点头说：“你对他是怎么想的？你不觉得他很快乐吗？”我说“是”并跟她说了他告诉我的话，朱莉假作吃惊地张大了嘴巴。

“德里克都知道了多少年了，我们可不怎么擅长保守秘密。让他不高兴的是我们不把他当自家人看。"她捂着嘴窃笑，"我们坚持说那是一条狗时，他觉得被排斥在外头了。"她靠我更近了些，用胳膊抱住自己的身体，"他想成为我们这个家庭的一员，做个什么聪明的大爸爸之类，他都快烦死我了。"

我用她刚刚碰我的方式碰了碰她的胳膊。"既然他都知道了，"我说，"不如我们跟他实话实说，我觉得再继续编造那条狗啊什么的挺蠢的。"朱莉摇了摇头，跟我手指紧紧相扣在一起。

"他想接管所有的一切，他不断说要搬进来跟我们一起住。"她把肩膀摆正把胸一挺，"'你们四个需要的就是有人照顾。'"我抓住朱莉的另一只手，我们俩都朝中间一靠，这样一来我们的膝盖就碰上了。紧靠着床的婴儿床上，汤姆正在梦里喃喃作声并且大声地咽着唾沫。朱莉把声音压低了。

"他跟他妈住在一座很小的房子里，我去过那儿。她管他叫混混，让他喝茶前先洗手。"朱莉把手抽出来捧住我的脸，她朝下瞥了眼我的两腿之间，"她告诉我她一星期要为他熨十五件衬衣。"

"真是不少。"我说。朱莉正在挤压我的脸，我的嘴唇伸得就像鸟的嘴。

“你原来一直像这样，”她说，“现在你像这样了。”她松开了双手。我希望我们的谈话能继续下去。

我说：“你好长时间都没跑步了。”

朱莉伸出一条腿，压在我的膝盖上。我们俩都看着它，仿佛那是只宠物。我用双手握住她的脚。

“也许该在冬天练练了。”朱莉说。

“你下周会返校吗？”她摇了摇头。

“你呢？”

“不会。”我们拥抱在一起，我们俩的胳膊和大腿缠杂不清地绞在了一起，弄得我们俩侧身跌倒在床上。我们相互搂着对方的脖子，我们的脸紧贴在一起。我们聊着我们自己，聊了很长时间。

“真好玩，”朱莉说，“我已经失去了所有时间的感觉。我觉得就仿佛一直如此一样。我都不太记得妈活着时是什么样子了，我也无法想象任何事会改变。一切都似乎静止了固定了，使我觉得我什么都不怕。”

我说：“除了我去地窖的时候我都觉得自己像是睡着了，好几个星期就这么在我毫不注意的情况下过去了，而你要是问我三天前发生了什么我都说不出来。”我们谈到就在我们这条街尾进行的破坏，还有如果他们把我们的房子也推倒了会是什么情形。

“就会有人跑来闲荡，”我说，“他们最多能在高高的野草丛里找到几块破砖碎瓦。”朱莉闭上眼睛，把腿架在我的大腿上。我的一部分胳膊正顶着她的胸部，我能感觉到下面她心脏的跳动。

“那也没什么大不了，”她喃喃道，“是不是？”她开始慢慢地朝床里面挪动，直到她巨大苍白的乳房对准了我的脸。我用一个指尖碰了碰她一个乳头。它硬硬的皱皱的像颗桃核。朱莉用两个手指捏住它开始揉捏，然后她把它推向我的嘴唇。

“来呀。”她轻声道。我觉得失去了重力，在空中翻腾着，分不清上下。当我用嘴唇含住朱莉的乳头时，一阵轻柔的战栗传遍她全身，而一个悲哀声音从门口传来，

“现在我全看到了。”

我立刻想逃，可朱莉仍然用双臂环着我的脖子，而且抱得更紧了。她用身体挡在我和德里克之间。她撑着一个胳膊肘转回头去看了看他。

“是吗?”她温和地说,“哦老天爷。”可她的心脏,距我的脸不过几英寸,在怦怦直跳。德里克又开了口而且听起来更近了些。

“你们这样有多久了?”我很高兴我看不见他。

“多少年了,”朱莉说,“数都数不过来了。”

德里克发出一声短促的惊讶或是愤怒的喘息。我想象他站得笔挺,一动不动,两手插在口袋里。这次他的声音沙哑而且不稳。

“自始至终……你从来就不让我靠近你。”他很响地清了清喉咙,然后是一段短促的停顿,“你为什么不告诉我?”我感觉朱莉耸了耸肩,然后她说:“事实上,这都跟你毫无关系。”

“如果你告诉了我,”德里克,“我早就退出了,你们爱干吗干吗!”

“真少见!”朱莉说。

“多稀罕啊。”现在德里克生气了,他的声音退到了门口。

“变态,”他大声说,“他是你亲弟弟!”

“小声点,德里克,”朱莉坚决地道,“你会吵醒汤姆的。”

“变态!”德里克重复道,然后卧室的门砰地关上了。

朱莉跳下床,把门锁上,靠在门头。我们等着听德里克汽车的发动声，可除了汤姆的呼吸之外一切都寂然无声。朱莉朝我微微一笑，她走到窗前把窗帘拉开一点。德里克在房间里只待了那么短的时间，现在看来他刚才的出现简直就像我们的想象。

“也许在楼下，”朱莉在我身边坐下说，“也许正向苏抱怨呢。”我们静等了一两分钟，等着德里克的回声完全消逝，然后朱莉把手掌放在我的肚子上。“看你有多白，”她说，“特别是衬着我的手。”我握住她的手，拿我的手来比。两只手一样大小。我们坐起来比掌纹，发现掌纹倒是截然不同。我们开始一样样地比较各自的身体。我们紧挨着侧躺在一起比我们的脚，她的大脚趾比我的长而且更纤细。我们比我们的胳膊、腿、脖颈和舌头，可所有这些全都没有我们的肚脐那么相像，向同一侧旋转的旋涡上同样都有一条细细的裂纹，凹进去的褶皱也一式一样。一直进行到我把手指伸进朱莉的嘴里数她的牙齿，我们才开始笑话我们的所作所为。

我一翻身平躺在床上，朱莉仍然笑着，骑跨在我身上，握住我的阴茎把它拽向她。事情发生得非常快，我们突然安静下来，无法正视对方了。朱莉屏住了呼吸。有种柔软的东西挡了我的路，当我在她里面胀得更大时，它分开了，我深深地进去了。她发出一声短短的叹息,朝前跪下来轻轻地吻我的唇。她轻轻地抬高身体然后再落下。一阵冷冷的战栗从我的腹部生发出来,我也叹了口气。终于,我们相互对视。朱莉微微一笑说:“挺容易的。”我稍稍坐起来把脸埋在她的乳房间。她又用手指捏起乳头,塞到我嘴里。当我吮吸时,同样的战栗又传遍她全身,我听到并感觉到一种深沉的、有规律的脉动,一种巨大的、缓慢低沉的砰砰声,像是从房子里升起并摇晃着它。我躺回床上,朱莉顺势趴下来。我们缓缓地动着,应和着那重击声,直到似乎是它在推动我们。我一度朝旁边扫了一眼,隔着婴儿床的栏杆看见汤姆的脸。我以为他正在看着我们,可我再看时却发现他的眼睛闭着。我也闭上了眼睛。一会儿之后,朱莉决定我们翻个个儿。这并不容易做到。我的腿被她的腿压在底下。床罩也绊着我们。我们试图朝一个方向翻滚,却差一点从床上滚下来,我们只得又翻回去。我的胳膊肘把朱莉的头发压在了枕头上,她大叫了一声“哎唷”。我们咯咯大笑起来,忘了我们要干吗了。之后我们发现我们并排躺在一起,听着那巨大的节奏分明的重击声,现在比刚才要慢一点了。

然后我们听见苏喊朱莉的名字和推门的声音。朱莉放她进来后，苏张开双臂搂住朱莉的脖子跟她拥抱在一起。朱莉把苏引到床上，她就坐在我们中间，哆嗦着，两片薄薄的嘴唇紧闭在一起。我握住了她的手。

“他要把它砸碎，”她最后道，“他发现了那柄大锤，要把它砸碎。”我们听着。现在重击声已经没那么响了，而且有时还会有停顿。朱莉站起来把门锁上，站在门口。有一阵我们什么都没听见。然后大门前的小路上有了脚步声。朱莉走到窗前。

“他上了车。”又停了挺长一段时间我们才听到引擎启动的声音，车开走了。轮胎碾在路上的刺耳声音活像是谁在喊叫。朱莉把窗帘拉上，过来挨着苏坐下，握住了她另一只手。我们就这样，三个一排坐在床沿上。好长一段时间谁都没说话，然后我们像是醒了过来，开始低声谈起了妈。我们谈着她的病，谈着我们把她抬下楼梯时的样子，还有汤姆想爬到床上跟她躺在一起的情形。我提醒姐妹俩那天只有我们在家时进行的枕头大战，苏和朱莉竟然忘得一干二净。我们想起汤姆出生前在乡间度的一个假，我们谈论着妈会怎么看德里克，我们一致同意她肯定会让他卷铺盖走人的。我们并不难过，我们很兴奋而且充满敬畏。我们的声音越来越大，直到其中有人叫一声“嘘!”我们谈着在妈床边搞的那个生日派对,还有朱莉的徒手倒立。我们嚷着让她再来一个,她把衣服踢到一边,干净利落地头朝下来了个倒立。她黝黑的棕色四肢几乎动都不动,她做完之后苏和我都轻轻鼓掌祝贺。两三辆车在外头停下,砰砰的关门声以及几个人匆忙走上我们家门前小路的声音把汤姆吵醒了。透过窗帘的缝隙,一道转动的蓝光旋转地打在墙上。汤姆坐起身盯着那束光,眨着眼睛。我们挤到婴儿床边,朱莉弯下腰吻了吻他。

“好了!”她说,“睡得不是很好嘛。”

译后记

伊恩·麦克尤恩（Ian McEwan，1948—　）称得上当今英国最优秀的作家，更称得上最另类的作家。从1975年发表第一部小说集《最初的爱，最后的仪式》（*First Love, Last Rites*）至2010年的新作《追日》（*Solar*），麦克尤恩穷三十余年的时间不断用他的作品重新定义着黑暗到底能有多么黑暗，不断地探索施-受虐狂、变态性爱以及超现实情节到底能走多远，他由此甚至得了个"恐怖伊恩"（Ian Macabre）的绰号。

发表于1975年的小说《水泥花园》（*The Cement Garden*）是麦克尤恩最受赞誉，亦是受到最多评论关注和阐释的作品之一，被誉为他的两部"小型杰作"之一（另一部是《只爱陌生人》）。而且在1993年由著名编剧、导演安德鲁·伯金（Andrew Birkin）搬上大银幕，荣获第43届柏林电影节最佳导演奖。

撇开加在这本薄薄的小说之上由阐释和再阐释构成的层层“水泥”，《水泥花园》其实是个很单纯的故事，由“我”——一个十五岁的少年杰克絮絮叨叨地讲述出来，只不过这个故事以世俗的眼光看来确有些耸人听闻。熟悉西方文学背景的读者会由此立刻联想起美国作家塞林格的《麦田守望者》，因为它最不同寻常之处就在于由一个十几岁的男孩霍尔顿讲述自己的所思所想、所作所为，而且用的纯是他那个年龄的词汇和“声口”——评论家特称之为“少年侃”。霍尔顿以成为一个“守望者”为理想，守望着麦田里一帮无忧无虑的小孩子自由玩耍，以此来对抗虚伪矫饰的成年人的世界，《麦田》亦由此成为一代代“拒绝成长”的叛逆年轻人的圣经。当霍尔顿明确地树立起孩子与成年人的壁垒，并坚持用“少年侃”来构筑属于自己的叙事时，他原本处于边缘的声音也就格外响亮、格外理直气壮起来。可《水泥花园》却并非如此，它无意于替一代青少年立言、张目，它的野心不在于此，它采用了类似《麦田》“少年侃”的叙事策略，却与后者有迥异的价值诉求。

“我”叫杰克，今年十五岁，姐姐朱莉大“我”两岁，妹妹苏小“我”两岁，弟弟汤姆的年龄无法确知，刚刚上小学，应该有五六岁左右。“我”的家是一幢挺大的房子，还有个不小的地窖，可周围原来的房子基本上都拆光了，成为一片荒野。故事基本上完全发生在这幢荒岛一样孤立、封闭的房子里。父亲犯心脏病前曾颇有雄心地规划了家里的小花园，犯病后自觉无力维持花园的整饬，遂突发奇想，想将花园用水泥铺平，由此与周遭的荒芜杂乱隔离开来。可刚刚铺出半条水泥小路，父亲就头朝下倒毙在新鲜的水泥上。“我”此时正沉溺于手淫中，并第一次真正射了精。这些情节让你想不去引申都不成：四周的荒野当然是荒芜的当代社会的象征，作为秩序象征的父亲在第一章就已死去，而儿子的成熟（第一次射精）刚好发生在父亲退位的同时。

在身为儿子的“我”的眼中，父亲的死根本就没什么大不了，在小说的第一段里他就说“我之所以提到他死的这点小事儿，不过是想说说我跟老姐老妹是怎么弄到这么一大堆水泥的”。由后文的蛛丝马迹判断，父亲在另外几个孩子（他公开跟小儿子汤姆争夺母亲的关爱）甚至母亲心目中也皆属可有可无（“我”曾和苏揣测母亲其实恨父亲）。

父亲死后，母亲也因为某种不知名的病症慢慢枯萎，拖了几个月后在睡梦中死去。不过母亲在死前做了两件大事：其一是为“我”的十五岁生日搞了个派对，尽管也就是围绕着母亲的病床喝点橙汁吃点蛋糕，“几乎算不上一个真正的派对”；再就是母亲在自觉不久于人世时跟“我”说的一番话，她要“我”在她离开之后跟朱莉共同掌管这个家，否则外人就会进来接管他们，家也会被人搬空。正是后者使几个孩子意识到问题的严重性，为了不致被拆散，“我”和朱莉决定将母亲的遗体用水泥砌在地窖的一个大铁柜子里。

至此，作为家的这幢房子真正成为一个孤岛，父母的相继去世使四个孩子成为真正意义上的孤儿，与所谓正常社会完全隔离开来。倒是颇有点像霍尔顿理想中的麦田了。可实际的情况既没有成为理想的乌托邦，也没沦落到戈尔丁《蝇王》中那个人性之恶全面膨胀的孤岛。“我”正经历着成长之痛：长了满脸的粉刺的“我”自暴自弃之下不再洗澡洗手换衣服，沉溺于手淫中不能自拔。朱莉在母亲病中即已部分担负起母亲的职责，在母亲死后只得负起全责。苏则靠读书排遣时光，靠写日记倾吐心声。汤姆因为生得弱小，在学校受人欺负，在母亲去世前就想变个女生，母亲死后更是干脆想缩回到母亲的怀抱，做个奶娃娃——新任母亲当然就是朱莉。朱莉原本是个很“酷”的女孩子，都不怎么理人的，可在情势的发展之下逐渐成为一个负责、合格的母亲形象。这时，虽父母双亡，可这个家又暂时恢复了脆弱的平衡，朱莉是母亲，“我”虽“太自我中心”（苏的记录），不过至少在用水泥埋葬母亲的标志性事件中担当起了父亲的职责。

而就在此时，孤岛上出现了一个闯入者——朱莉的男朋友德里克，内在的暂时平衡因此被打破；而且，用水泥砌在铁柜子里的母亲的尸体开始散发出腐烂的臭气。内外交困之下，四个孤儿的处境更加艰难，窗外是创了纪录的酷热，可那个地窖——人的内心的隐喻，却让我们感觉阴寒刺骨，四个孤儿只能相互偎依在一起取暖：朱莉将地窖里的婴儿床搬到自己卧室的床边，汤姆正式成为襁褓中的婴儿；在闯入者德里克的压力下，朱莉反而转向“我”，并由此将整本小说的情节推向高潮——“我”和姐姐朱莉真正合二为一，真正成为父与母。这当然是“乱伦”，可“伦”是什么？是伦常，是社会规范，而在这个与世隔绝的孤岛上又哪来的伦常，哪来的社会规范？高潮、高峰之后自然是退潮和断崖，这温暖的一瞬之后紧接着的就是警灯闪烁，透过窗帘刺进来。那个伦常、那个社会开始大举反攻了，这个孤岛也终于马上就要被彻底淹没。

这四个可怜的孩子就这么被抛掷在孤岛之上，他们为了不至于离散，犯下“惊世骇俗”的“罪行”，在这个广大的世界甚至茫茫的宇宙中（请注意书中亨特船长的插曲以及“我”为假托的狗起的名字：“科斯莫”\[Cosmo——Cosmos\]——“宇宙”）他们只能用自己的体温相互取暖。还要提醒读者的是，这个故事的叙述者只是个十五岁的男孩子，他只能按自己的观察和理解来讲述他面对以及认识的世界，没有一丝多愁善感，他没有一句伤痛之语，他就这么絮絮叨叨地把他知道的一切讲述出来，有很多东西他根本就不明白，也没想去弄明白（比如母亲到底得的什么病）。可正是这种平淡和“原生态”才更衬托出骨子里的悲哀。他正是小说大师亨利·詹姆斯所谓的“不可靠（或不完全）的叙述者”，他只能以自己的认识和理解来讲述，读者必须通过自己的努力去发掘故事的真相，如此比照之下的效果才会愈发强烈和刻骨铭心。

“恐怖伊恩”从来不惮于发掘骇人听闻的黑暗中心，从不忌讳所谓的变态和禁忌，但他当然不是一个廉价的恐怖批发商，他的文字简洁而且优雅，他对人的生存状态的洞察和深挖使他笔下经常是“不洁”的题材具有了真正的人性深度。

冯　涛

2010年11月修订

图书在版编目(CIP)数据

水泥花园/（英）伊恩·麦克尤恩(Ian McEwan)著；
冯涛译.—上海：上海译文出版社，2018.6 (2021.8重印)
(麦克尤恩作品)
书名原文：The Cement Garden
ISBN 978-7-5327-7776-1

Ⅰ.①水… Ⅱ.①伊… ②冯… Ⅲ.①中篇小说—英
国—现代 Ⅳ.①I561.45

中国版本图书馆 CIP 数据核字(2018)第 042393 号

Ian McEwan
THE CEMENT GARDEN

图字号：09-2009-404 号

水泥花园
〔英〕伊恩·麦克尤恩 著 冯 涛 译
责任编辑 / 管舒宁 装帧设计 / 储平工作室

上海译文出版社有限公司出版、发行
网址：www.yiwen.com.cn
200001 上海福建中路 193 号
江阴市机关印刷服务有限公司印刷

开本 850×1168 1/32 印张 6 插页 5 字数 76,000
2018 年 6 月第 1 版 2021 年 8 月第 2 次印刷
印数：7,001—10,000 册

ISBN 978-7-5327-7776-1/I·4764
定价：49.00 元